海にも終わりがくる

Nakajima Takahiko

中嶋敬彦

作品社

海にも終わりがくる

――幼い記憶に年を経てことばをあたえる――

かげりを感じて、たけしは土手の上から足元のくにおの家を覗くのをやめて立ち上がり、右手の山を仰いだ。

陽は沈んだわけではない。土手となったゆるやかな坂道が少しいって急に高まり西の山に入る、その山の尾根に太陽は白熱したまま捕らえられただけ。白い光のままに歪み、崩されただけ。

黒い山の端に水銀の涙のように、蜘蛛の巣のように、べったり貼りついている。扁桃腺《へんとうせん》のとき体温計の中をつと走る水銀の輝きをたけしは思わずにはいられない。

くにおの家の右に開ける畑の上までたけしは歩いた。すぐに脱げそうになる太い茶色の毛糸で編まれたズボンとその下の股引を一緒にずりあげながら。

畑から抜けあがる空。少し山の下に近付いたのに、かえって夕べは明るさを取り戻すかのようだ。

くにおの家は大きく暗くわだかまっている。土手の下から迫《せ》り上がる分厚いサンゴジュの生け垣、そのほこりまみれなのに光沢を失わない緑は黒といってもいい。そこから広がる平屋の頑丈な瓦も、灰色というよりは黒だ。

――それに較べて、畑のむこう、土手の真向かい、こっちに背を向けて並んだ二つ同じ形の小さな家。木肌はどっちも灰白色にひからび、瓦も薄っぺらで白茶けている。左側がたけしの家族の居候している伯父の家、右側がたけしの姉やすこの友達、あのすずこという子の家。

たけしの家はくにおの家と、畑の左奥の一点で接し、小さな木戸でやっとつながっていた。すずこの家の右側には畑の右端に沿って土手から小道が下りていっている。

畑の上の空。それはたけしたちの家の白茶けた屋根を越えて、少し離れた逗子《ずし》湾まで吹き抜けていく。でも海は見えず、ただそのあたりの空が水の明るさを持っている。右の山、披露山《ひろやま》も身にまつわる影から逃れ出ようとするかのように、海に向かって突き出してゆく。でも、海べの空のあの透きとおる水色ほど当てにならないものはない。そのうちあそこがまっさきに不意にバラ色に染まるのだ。

頼もしいのはやっぱり左手に退く山々。まだしっかりと光を受けているのだから。芽吹きのあずき色の部分だって、冬じゅうずっと葉のあった青黒い部分だって、今はまだ昼間だと言い張っている。殊に駅の方の切り通し。山の三角形の切り口は大きくそそり立つ崖となって、黄ばんだ白に輝いている。

ほんとうに夕方になればなるほど明るくなるのだったら、どんなにいいことだろう。

たけしは夕方がにがてだった。

それにしても、何故くにおは今日も遊びに出てこないのだろう。同じ年のたった一人の友。いつもならもう昼前に向こうから、二人の家がやっとつながる一点である木戸を通って迎えにくる筈だった。やっぱり数日前に最後に別れた時の、あの小さなできごとのせいなのだろうか。多分そうだ。だからたけしの方も、「くにおちゃん、あそびましょ！」と呼び掛けるのが憚《はば》かられるのだ。

あの午後、くにおの家の砂場で遊んでいると、かつてなかったことだが、くにおがいきなりたけしの手を取って裏のサンゴジュの陰に連れていった。くにおの真剣で、怒ったような顔。黒い瞳が黒いゲジゲジ眉を引きおろしながら強く輝いた。その黒ずんだ光が、暗いなかに向き合って立つ二人の間に張り詰め、二人はしばらく動けなくなった。「おいしゃさんごっこしよう」、くにおはかすれた声を出した。やがてくにおの手が伸びてたけしのズボンにかかり、二人は同時にしゃがみこみ、たけしも相手のズボンに手をかけて、お互いに引きおろしにかかった。たけしにとっては初めてのことで不思議なきもちがしたが、その不思議さの小暗く広がる心の裏側全体にやはり、「ああ、そうか、わかった、わかった」という一瞬の了解の光が貼りついていて――、なぜか人目を憚からねばならぬことだけれども、なんだかあたりまえのことをしていると感じた。あたりまえで、避けられないこと。おいしゃさんごっこ。くにおちゃんのお父さんはどこか大きな病院のおいしゃさんだというから――。その時――「くにお！」と鋭く呼ぶ声、彼の母親の声が庭の方からして、二人はお互いのズボンから手を離した。ふっと陥った胸苦しくて同時に気持ちのいい夢から無理やり覚まされるようにして。

そこで別れてから、二人は会っていなかった。

見かかった胸苦しくて、気持ちのいい夢。あの一瞬の心地よい金縛り。あれはしかし、何なのだろう。――おいしゃさんごっこ――。

土手の道にまたしゃがむと、足元にモチグサが薫った。土手の斜面にはムギに似た青草が枯れ草と半々にはえていた。下の畑には土肌が目立つほどに幼いムギがあり、左端にはネギ、右端にはキャベツがひしめいている。

たけしの体が揺れる。身をすくめる。背中をこするようにしてバスは通ってゆく。逗子駅から披露山、小坪《こつぼ》を経て鎌倉に抜けてゆくのだ。土ぼこりが静まるなかから、バスに代わってやさしい気配が背中をまわった。

「たけしちゃん。おうちにかえりましょ。きっとみんな心配しているよ」

ミルクの匂いをさせてたけしの右にしゃがみこんだのは――すずこだった。

「角の魚屋さんの時計が五時を過ぎてたわよ。わたしはもう時計がよめるの。四月から小学校だもん。もう何でも分かるよ。分からないことあったら、何でもきいて。たけしちゃんは小学校、来年だってね」

初めて二人だけで口をきくのにこれだけのことを一気に言って、しかしその声は低くぶっきらぼうなところがあり、初めてまぢかに覗きこんでくる顔も、いつも垣間見ているのにたがわず、おかっぱの下はかわいいけれど、どちらかというと男の子っぽく、表情にも乏しかった。ただ、今まですずこに対して抱いていた小さな反発を全く覚えずに、むしろ逆に親しみさえたけしは感じた。

　すずこはくにおのように自分の友達ではなくて、姉の遊び相手だし、それにもともと去年の末、駅の向こうであった進駐軍の火薬庫の爆発事故の時、たけしやくにおの家は苦労して遠く葉山まで逃げたのに、すずこの家はさっさと裏の披露山に隠れてすましたのだった。

　しかし今、近々と見るすずこの男の子っぽい顔はやさしそうで、しかもその全体がやはりどこかふくよかな白さを持っていた。白いセーターにくすんだ赤い色のスカートをはいている。

　モチグサに指先で触れながら、これは何だか知ってる？　ときくので、たけしは、モチグサと答えたが、土手の斜面にまだらに生えた青い草の名は知らなかった。イヌムギ、とすずこは教えた。

「わたし、もう自分の名前も書けるのよ。みやもとすずこ、ね。たけしちゃんのも書いてあげる。しょうのたけし、ね。これがひらがな」

　彼女は細い竹の切れ端を拾って、土の上にドタ石のでっぱりを避けながら、何やら小さな文字を書き付けたが、たけしにはもちろん読めない。ただ土の上にもつれた掻き傷がやがて自分もたどることができる何の不思議もない線なのだと思って、感心はしたが別にもどかしくはなかった。

「今日は昭和二十三年、三月十六日よ。わかる？　わたしは昭和十七年一月生まれ、だから今はもう六つなの。たけしちゃんは二月に五つになったんだってね。やすこちゃんは今月の終わりの誕生日で七つ」

「ぼく、二十までかぞえられる」

すずこの言うことがよく分からなくて、たけしは言ってやった。

「えらいね。じゃ、一緒にかぞえましょう」

すずこと声を合わせて、一、二、三、四……とやっていると、夕べの憂鬱も吹き飛んでいった。二十になると、すずこはそこで止めず声を高め、二十一、たけしにも促し、二十一、二十二、二十三、そこで止めた。

「あっ、たけしちゃんちでお風呂わかしてる。煙がもくもく。あーあ、もう海の方の空が赤くなっちゃった。早くかえろ」

すずこはたけしを促して立ち上がったが、すぐには歩きださずに空を仰いだ。たけしもまねをした。

海の方がいつのまにか奇麗なバラ色に変わっていて、右の山の端のうすい灰色もかすかに朱を含みはじめていた。それなのに駅の方の空は、まだ淡い青に光っている。特に切り通しの剝き出しの崖。その大きな三角形は黄ばみを強めて、金色に輝いている。

「月よ、たけしちゃん、月」

すずこがまた声を高めた。金の三角の崖から少し左に振れ、全体があずき色を帯び始めた山からもうはっきりと浮き上がって、しずかな青さのなか、白い月がのぼっていた。

すずこに『つき』と名ざされた月は、しかしたけしが今までに見たどんな月よりも大きく、まるいような気がして、それから目が離せなくなりそうだった。

と、耳許ですずこがささやいた。

「月はあそこにもあるけど、ここにもあるよ。地面に。ドタ石。粘土みたいな石」

けげんに思うたけしの手を取ってすずこは歩きだしたが、ドタ石を踏むことを禁じた。

「これ、みんな、ほんとうは月だもん。踏んじゃだめよ」

言いながらすずこは黒いズックの先で一つのドタ石をこすると、汚い表面は剝けて、きれいな黄土色の肌があらわれた。

あの月は同時にこの石かもしれない。いや、たしかにこれはあの月だ。たけしは納得した。

　土手の下り口で、すずこはふと立ちどまり、またささやいた。何気ない調子でいきなり。

「ねえ、たけしちゃん、知ってる？　人間て、死ぬのよ。こうして生きてても、死ぬの。だれでもかならず。死ぬって知ってる？　いなくなっちゃうってことよ、たけしちゃんが。ずーっといなくなっちゃうの。それでね、どんなに待っても二度と生き返らないの」

　何の前後関係もなく、唐突に『し』という言葉を投げ掛けられ、しかもその死というものについて初めてきちんとした定義を与えられたのに、たけしはその意味がこれも一挙に分かったと思った。目の裏が黒くなる。

　――毎夜、毎夜の闇の恐ろしさ、未明に一人だけ目覚めたときの耐えがたい不安、夕方の異様なかなしさ。ああ、逗子の海をぴったりと閉ざす水平線。ああ、葉山の出口のないトンネル……。そして夜中に飛ぶ進駐軍の飛行機の音は息もしづらく闇をせばめてくる……。あの全ては、今すずこの言葉に示された『し』というものの予感であり、しるしだったのだ。

　それは体の内側が外側を一瞬熱く包みかえすような、どこか深い芯からの理解で、たけしはめまいがした。すずこに手をとられるまま土手をかけおり、あとは畑沿いの下の道を引きずられていった。あちこち地面から顔をだすドタ石の一つひとつが、まるで『し』であるかのように、踏まぬように必死で避けながら。畑の肥えだめのわきの沈丁花が強くかおった。

すずこの家の陰に入る前に一瞥《いちべつ》した月は、灰色にちかい青に変わった空に黄の輝きを帯びはじめていた。

すずこの家の前で彼女の手を振りはらうと、たけしは自分の家にかけこんだ。左端の四畳半に電気がついていて、そこに病気のおばが寝ているのがわかったが、中の八畳は暗くておじはまだ帰っていないらしかった。玄関脇の三畳の納戸を抜けるとき、右端の六畳でリンゴ箱を積み上げた本箱の傍ら、机を前に父がまだ書きものをしているのが見えた。こんなふうに家にいたり、いなかったりするのが、父や、そしておじの仕事らしかった。部屋の隅では姉のやすこが本を読んでいる。たけしは顔をあげた父にこたえずに、台所に駆けこみ、流しから振り返った母の腰に抱きついて泣きだした。

ワンピースの肌色の布地のむこう、あたたかで柔らかなもののかすかなクリームの匂いに鼻をおしつけながら。

たけしたちが逗子に越してきたのは、つい前年の十一月の末のことであった。

それまでは疎開先の母方の祖父母のところ、那須《なす》にいたのだ。たけしには、ある夜、祖父の腕に抱かれて、遠く野の果ての丘の後ろが真っ赤に染まるのを見ていた記憶がある。「もえてっつぉ、うつのみや。燃えてっつぉ、宇都宮《うつのみや》……」、歌うように繰り返し、祖父はたけしを静かに揺すった。だいぶ離れた大きな町の空襲だった。しかし那須は概して平穏で、たけしは林や田畑や川原や、そして医院の庭を何の屈託もなく駆けまわっていた。そうだ、祖父もお医者だった。

その安らかな庭に、ある日突然、黒縁の眼鏡を光らせた間から鷲鼻を突き出した男が立ったのだった。それが戦争から帰ってきた父だった。その瞬間まで祖父母と母方のおじやおば、そして母と姉と自分とで過不足ない一体をなしていたところへ、突然いかめしい顔をした男が入り込んできて、しかもそれが本来、母や姉や自分とともに最も親密な輪をつくりあげるべき存在なのだと説明されて、たけしはただ当惑したものだ。

何日かしてたけしたち家族四人は、大きな安らかな輪から一つの危っかしい小さな輪となってころげでた。壊れた体温計からまろびでる水銀の玉みたいに。朝、遠い野道を歩き街道に出てバスに乗り、次に小さな軌道車に乗り、それから大きな汽車に長いこと乗り宇都宮を経て上野に着き、そして二つ電車を乗り継ぎ、夕方に小さな駅に降り立った。夕暮れなのにどこか白っぽくて、生暖かくて、ロータリーをめぐる木炭自動車は銀色だった。そこから山に向かって歩く。かなりの道のり。途中、父は八百屋でバナナを買い、小さく折ってたけしの口に入れてくれたが、奇妙な味、食べられずロから出すと、父はそれを受けとめ、「おいしいはずだけどな、バナナ」、自分の口に入れた。やがて小さな家に着いた。新しいおじとおばとが出迎えた。四人は台所に続く納戸の横の六畳に転がり込んだ。おじは父の兄で、痩せた父とは反対に小太りだったが、同じような眼鏡を掛けていた。おばは目が大きく、きれいで、でもやつれていた。病気だった。

六畳は狭かったがそれでも出窓があり、さっそくたけしがその窓台に腰掛けると、奇妙なざわめきが聴こえてきた。林を渡る風ではない。あれは海の音だと父が言った。海辺の町だった。その夜たけしは枕にかよう潮騒のなかで眠りについた。

二、三日して父がたけしをその海に連れていってくれた。曇り日の午後、黒ずんだ砂の湾曲に鉛色の水が入っていて、なんだか大きな水たまりのよう。父に肩車されて遠くを覗いても、そこにはやっぱり灰白色の空が下りてきて、ぴったりと水の果てを閉ざしている。空と海とはお互いに閉ざしあっている。まるで何かとんでもない秘密に口をつぐむように。

たけしは不安になって、まだあまりなじんでいない父の首にしがみついたものだった。海が広いなんて、嘘だ。水平線はすぐそこにあって、ここで終わりと言っている。

海は野や林より狭い。たけしは心からそう思った。

初めて海を見てからほんの数日たったばかりの、薄日の射す日であった。お昼ちかく、たけしがすずこの家の角に出て一人で遊んでいると、白い空から突然、黒いものが降ってきたのだった。ひきちぎられた黒い紙切れ？ 降り止もうとする雪のようにまばらに舞いおりてくる。ただその白い空の何気ない汚れの奥に、ズンという腹の底に響く音が潜んでいるのにたけしは気付いた。海の轟きとは違う。舞い落ちる黒いものは、何かの燃えかすだった。

たけしは家に入って、その日も出掛けずに家で本を読んでいる父のそばに座った。待つほどもなく、姉の小学校の給食当番に行っていた母と姉がバタバタと帰ってきた。母は興奮していた。

「駅の向こうの池子《いけご》というところにある進駐軍の火薬庫がね、火事になったんですって。爆弾が順番に爆発してるんですって。奥の方には『げんばく』もあるって話よ。もうみんなどんどん葉山の方へ逃げていくわ」

母は朝の残りのごはんで手早くおにぎりを作り、水を用意した。おじはいなくて、床から起きてきたおばの千代は、しきりに一緒に逃げることを薦める母に笑って、「わたしは残るわ。お留守番していますよ」と静かに言った。

おばは青白く透き通るきれいな顔をどてらに埋め、しらがの目立つ髪の乱れを気にしながら玄関に立ち、オーバーをぶくぶくに着込んだ四人を見送った。いつもみはりがちの大きな目を、はにかむような笑いに細めながら。

土手とは反対側になる路地をまわって、逗子駅に向かう大通りに出ると、剥き出しの土の白く乾いた上を人々の群れは駅の方へ急いでいた。たけしは母に、やすこは父に手を引かれてそれに加わった。物も言わずに歩く人々。その歩調をとるものは、太鼓さながらの爆発音だった。

音の激しい方へ敢えて進むかにみえて、人々は駅の手前を右に折れた。その賑やかな通りを抜けきると、道幅は少し広くなるのに急にがらんと淋しげな道になって、それが葉山への道だった。夢中で歩いていて疲れも感じないたけしに、母は「疲れたでしょ。大丈夫?」と眉をひそめて繰り返していたが、先へ行く父と姉を呼びとめ、道の脇の駄菓子屋に駆け込んだ。子供達に買ってきたのは一本の金太郎飴であった。

その半分をなめながらたけしはまた歩いた。白い切り口に金太郎の赤い顔がきれいに浮き出るように舌で甘みを僅かずつこそげると、いま自分達が何やら大きな危険から逃れようとしていることなど、しばらくは忘れられた。

紅潮した金太郎の顔がいきなり陰る。ひやりとした闇にたけしは包まれる。

それは彼が初めて踏み込んだトンネルであった。彼の心にたちまちうろたえが広がって、左手はなお強く母の手を握る。飴をささげる右手は力が抜けそうになる。闇の中に人々の背は黒く、それは前へ前へ進むというよりは、どこか一点に停止してしまって、ただ効果のない無言の上下動を繰り返しているようにみえる。天井にはところどころ裸電球が点《つ》いている。だいだい色のフィラメントの形が分かるほどに暗い。

長いトンネルだった。人々の脇からチラと遠く小さな出口が見えることもあるのに、たけしの心には、硬い、狭い闇に封じ込められたという恐怖が募った。闇は刻々と硬さを増し、狭められていくようだった。もうこの穴の外の爆発などどうでもよい。たしかにあの爆発によって皆はこの穴に追い込まれてきたのだけれど、しかしたけしにとって今はあの音とこの執拗な闇とは全くつながりがなくなっていた。むしろ爆発音は薄日の中に陽気なお祭りのしるしともとれたが、この音の途絶えた穴道はぞっとするほど陰気だ。総てはこうならねばならぬというように、硬い石で闇の方向を決めつけている。

出口のない闇。これでは自分の心まで真っ暗に染まってしまう。たけしはだめだと感じて、何度か叫び声をあげそうになった。

――闇は嘘のように薄れ、たけしは光の中に出た。光へと救い出された。なあんだ、と今の闇を蔑《さげす》む気持ちより、出口のない闇の像はもうたけしの胸に染み付いてしまい、だからこそ光への救済は半信半疑で、その信じ難さで逆に彼は有頂天になった。同じ冬の日でも葉山の光は逗子の光より何倍も強かった。

たけしはスキップして、それから思い出してまた金太郎の顔をなめてやった。もう一つ短いトンネルを潜って、道沿いの大きな建物に人々は流れ込んだ。それが葉山小学校だった。人で溢れる教室。その一つに父は空きを見付けて分け入った。

家族はむしろの上に身を寄せあって座る。父は水筒の水を蓋に注いでは、やすこの口、たけしの口、母の口、そして自分の口とまわした。母は辺りをはばかるようにしておにぎりを出し、その小さく握った一つひとつを三人に配ると、自分はたけしから飴を取ってそっとなめ始めた。たけしは空腹を感じていない胃に、まねして飯をそっと飲み下した。

背後から「しょうのさん」と声が掛かった。父と母が挨拶する。たけしは振り返る。一家族置いた向こうの三人家族。立ってこちらに話し掛ける母親——金縁の眼鏡をかけている——の傍らにやはり立って、たけしと同じくらいの男の子がじっとたけしを見ていた。やや青白い、女の子のような顔。濃いげじげじ眉が困惑したような表情を与えているのに、その目は臆せずにたけしを見詰めてくる。たけしは引き込まれるようにして見詰めかえした。

——それがくにおだった。傍に座ったままなのは——父親で——銀縁の眼鏡をかけている。後で、「くにおちゃんのお父さん、お医者さんよ」と母からきいた。なんだか長い時間待って、暗くなってからやっとトラックが来た。家族四人は荷台に積み込まれた。いつの間にかくにお達とは別れていた。ヘッドライトに穿《うが》たれるトンネルはもう怖くない。逗子の町は吹き飛ばされずにあった。家に帰りつくと、おばは薩摩芋をどっさりふかして待っていてくれた。

「お隣の宮本さんは、披露山に隠れたんですってよ。ずいぶん早く帰ってきていたわ」

おばが痩せほそった指で、細長い芋の淡紅色の薄い皮を剥くと、うすぐろく湿ったなめらかな芋の肌はあらわれた。

そんなことがあったからか、たけしは夜、飛行機の音に怯えるようになった。

――ウー、ウー、ウー、ウー……。

夜中、ふと低いうなりに目覚める。

ウー、ウー、ウーン、ウーン……。

ぞっとする予感にぞっとする。

天井の上。屋根の上、そのずっと上の空。低いひくいうなり。

ああ、闇の高みを飛ぶ飛行機。進駐軍の――。

ブーン、ブーン、ブーン……。

近づいてくる。黒い空の目もくらむような高み。

ゴロ、ゴロ、ゴロン、ゴロン……、闇全部が転がる音に変ってたけしの頭上に達する。

ああ、逃げようにも逃げ場がない。たけしを閉じこめ、閉ざすものは、鳴り響く夜の限りなさ――。

ああ、ここから出られない、二度と……。

たけしの体は今度は闇を逆様に沈んでゆく。夜空の高みはそのまま深みでもあった。たけしは怯えきり、ふとんを飛び出て、電灯から下がる紐を引く。ああ、光。光はいい。またたくまに怯えは去る。嘘のように。明るさにしばらく安堵していると、眠る家族のうち、父の閉じた目が開き、「どうした?」、不思議にやさしくひとこと言って起き上り、「まだ朝じゃないよ」、電気を消すのだった。

篠竹でできた塀の真ん中に大きな丸竹を割ったのを扇状に打ち付けただけの両開きの門があり、しかしそれはいつも閉まっていて、その脇の小さな木戸を出たり入ったりしながら、たけしは路地を窺っている。すずこが学校から帰るのを待っている。すずこの家との境は杉の板塀で、隙間のある足元から覗いてみると、白いモクレンが白い小鳥の群れたつように咲き乱れていた。その光を受けて傍のやせたヒバも緑に輝く。

それに較べると、たけしの家の庭では光と陰とが喧嘩している。今まで天気がぐずついていて地面は黒く湿り、狭い庭なのに何本かある松と椎の幹も黒ずみ、そこへ四月半ばの真昼、空から不意に光が落ちてきたのだった。

塀の篠竹の束もだいぶ腐って黒くなっている。しかしそんななかにも三色すみれやタンポポや大根花があった。

ひと月ほど前にすずこと仲良くなってからは、たけしは毎日のように彼女と遊んでいた。彼女が姉のやすことゴム飛びやおままごとやお人形さんごっこでもしていれば、彼もそれに混ざり、やすこが同級生と遊びに出てしまえば、すずこと二人で地面に絵や字をかいて楽しんだ。くにおからは依然として、うんともすんとも言ってこない。

今日は父がいなくて、おじがいた。いつもは別々に食事をするのに、今日は母がおじ夫婦の分も用意して、四人で早めに昼飯を済ませていた。食後、母は縫い物を始めた。

「ぼう、食事のあとは暫くじっとしとらんといかんよ。急に動くとお腹痛くなるよ。おじさんの部屋でお昼寝しなさい」

子供がいないせいか、かえって子煩悩のおじの声を振り切って、たけしは庭に出た。すずこは給食を食べて、すぐに帰ってくるはずだから。塀の根方にしゃがんで腐った細竹をナイフで切る。銀色の柄のナイフ。おじから貰った何本かのうちで、これが一番気にいっている。その手先、篠竹を横ざまに留めた太めの竹の上に、きれいな天道虫が行き迷い、一箇所でぐるぐる廻っている。

これを捕まえてすずこに見せてやろうかなと思いながら、かわいらしい朱の半球に黒の水玉がきわやかに散っているのが面白くて、手を出しかねていた。

と、たけしの左肩がそっとたたかれて、耳に息がかけられた。微かに魚の臭いのする息。

「たけしちゃん、あそぼ」

辺りをはばかるようなささやきには、しかし強いものが込められている。いつ裏の木戸から入ってきたのだろうか、実に久々の、それも思いがけないくにおの出現だった。彼も横にしゃがんだ。顔が少し小さくなったような気がする。床屋にいったばかりらしい。魚をたいらげた小猫がおくびをして知らん顔しているよう。うん、と目顔で応えただけで、たけしは黙っていたが、それはなつかしさのあまり口もきけないというのではなく、暫くぶりで会ったのに黙っていても特に気詰まりを感じないですんだからだった。

くにおは今たけしの切った篠竹の一節を塀から抜き取った。それを待っていたかのように天道虫はたけしのナイフを持つ手の人差し指に乗り移った。指を渡るくすぐったさ、それが小さな、ちいさな重さだ。くにおのほうがかえって慌てて横から人差し指をだし、虫を自分の方に移らせようとした。完璧な塗りのおもちゃみたいな半球は真ん中から割れて、舌の形をした褐色の下翅がのぞく。天道虫は飛び立った。

二人は立ち上がった。すぐにくにおの手がたけしのナイフを持たない方の手に絡んできた。たけしはナイフを片手で塀におしつけてたたみポケットにしまった。母のいる六畳の出窓の曇りガラスは閉まっていて、そこを身をこごめて廻り小走りに二人は裏に出ると、木戸を通ってくにおの家の庭に入り、広い砂場の脇から土手下の裏に一息に駆け込んだ。

そこが特に暗いのは、土手から目隠しするための大きなサンゴジュが立ち並んでいるだけではなく、勝手口を庇って家と塀の間にトタンの雨避けがあるからだった。

薪の束の陰にくにおはたけしを連れ込んだ。くにおは汽車ごっこのようにたけしの後ろに廻り、二人はしゃがんだ。

「ぼくがお医者さん」、くにおがささやく。

促されるまま、たけしはズボンをずりおろして、お尻を剝き出しにする。ためらいなく。あのとき途中で止めたことを、今やりとげるのだ。夢の中であっという間に高いたかい滑り台に登っていて、もうそこからはしっかりと腰をはさむ手摺りに行方を決められて細い急な斜面を滑り下りるほか無いときのように、たけしの顔は、熱いのか冷たいのか分からない風の中を、一方向に押えられて飛んでゆく。首が動かせないのが——快い。

お尻の穴の周りを、たけしは何かで軽く突かれていた。痛くない。硬そうで、どこか脆いもの。つんつんと突かれて、きもちがいい。このままおしっこをしてもいいだろうか？

こうしてお尻をつっつかれていると、まるでお尻とおちんちんとがつながってしまったみたいだから……。

変に気持ちがいい。胸に青いあざができそう。目の玉が、金色になりそう。おしっこを我慢するようにして目を閉じていると、くにおの手がやんだ。

「今度はたけしちゃんがお医者さん」

半分惜しいと思いながら、急に別の元気がわいてたけしはズボンを直し、くにおと入れ代わった。くにおから渡されたものは腐ってもろくなったあの篠竹の一節だった。くにおも自分でお尻を剝き出しにした。白いお尻。

ぼくだってお医者さんだ。くにおちゃんのお尻を直してあげるんだ。

たけしはくにおにもっとお尻を持ち上げさせた。くにおは地面に手を突いた。白いかわいらしい二つの山を指で分けると、淡い褐色にすぼむ小さな口がある。たけしはやはりためらいなく、その見当を細い竹の棒で突いてやった。何ともいえない面白さがある。変にうしろめたいけれど。

腐った竹の先が崩れるほど少し乱暴に力をこめる。しかしくにおは痛いと言わない。たけしの胸に今度は黒いあざができる。またしてもおしっこをこらえる快さが、お腹の下に張り詰めてきた。

そのとき後ろでいきなり、ガラッと台所のガラス戸が開いた。たけしは後ろを見ずに立ち上がる。一瞬遅れてくにおも立ち上がり、たけしを振り返ったが、その目のまわりは黒ずみ、怯えている。おずおずとズボンをたくしあげる。

「くにお!」、鋭い呼び声。くにおの母だ。二人は来たときとは逆方向に逃げる。たけしは相棒などおかまいなしに先にたって表庭を一気に走り、木戸を抜け、自分の家の裏に飛び込み、家の中には逃げ込まずに門の外に飛び出し、すずこの家の角まで行って、止まった。

あーあ、びっくりした。なんだかいやになっちゃう。何て変なことになっちゃったんだろう。

丁字路の真ん中にたたずんで息をととのえる。くにおはついてきていなかった。ふと気付いて、持ち続けていた竹の棒をたけしは捨てた。

すずこはもう帰ってるだろうな。でもこんなところですずこに会いたくない。

さっきはあれほど彼女の帰りを待っていたのに、たけしは見付からないように気遣いながらすずこの家の塀を離れ、土手に向かって歩きだした。

お尻がまだうずいている。それはもう気持ちいいとはいえない。竹棒を竹棒として感じさせるだけの刺激が今も繰り返されているようで、まるでぎょうちゅうがそこに涌いているみたいで、今さっきの興奮が嘘のようにおもわれる。恥ずかしいことをしたというより、変なことをしたと沈んでしまう。いやになっちゃう……。

畑の中程、道際に肥溜めをはさんで、沈丁花と向き合うネムノキはやっと小さな葉を揃えはじめている。

気付くと、たけしは五つの影に囲まれていた。数えなくとも分かる。五つの影。それは畑の向かいに住む五人兄弟だ。

小学校五年の長女を頭に男、女、男、女と二つ刻みぐらいに小さくなってゆく兄弟姉妹。皆黒くてすばしこそうな顔に油断のない笑みを浮かべている。おじや、すずこの母が、『あぶない遊びをする子』、『悪い子』ときめつけていて、特におじがたけしの近付くのを禁じている子供たちだった。

彼らの顔は黒い。――黒い？　肌理《きめ》のこまかな黒い肌の下にはでも、どれも不思議な白さが潜んでいる。そしてこうしてまぢかに見てみると、いずれも整ったかわいい顔をしている。一番悪いといわれる長男はつるつるのコロ坊主で、鉢の開いたところを思わず触ってみたくなる。一の子分の次男はたけしと同じぼっちゃん刈りでおとなしそうだ。ただ目だけは笑いながらもどれも隙のない光を放っている。その目については、たけしは忘れられない記憶があった。記憶といっても、つい二た月ほど前のことである。

今にも雪が落ちてきそうな暗くて寒い日だった。たけしが一人、六畳の出窓から庭を見ていると、透き通った鉛とでもいったような空気のなかを木戸がふと開いて、五人兄弟のうち長男、次男、次女の三人が入ってきた。彼らはさも当然のようにすずこの家との境にゆき、そこにある塵溜めの腐った落とし戸を庇ってあるカバー、それはどういうわけか進駐軍のトラックの泥よけだったが、それを三人でひょいと持ち上げると、あっというまに木戸から外に持ち出した。彼らはたけしに気付いていて、大きな泥よけを抱えながらも彼の顔から目を離さなかった。その刺すような視線には安心しきったとまどい、微かにおどしつけるあざけりがあった。

門の外に出てから彼らは、ワッショイ、ワッショイとおみこしの掛け声をかけた。それはみるみるすずこの家の角を曲がって土手の方に消えていった。たけしはあっけにとられていて、別に腹も立たず、一大事とも思わず、だから台所の母にご注進にも及ばなかった。そんな自分をだらしないと責めもしなかった。不思議なことに、その後だれも、おじもおばも母も、泥よけのなくなったことについてとがめなかった——。

今たけしを取り囲む目はしかしずっと親しみを増していた。

たけしを包みこみ、彼らは自分の家の素通しの門から庭に入り、玄関の前の池に連れていく。半間四方もない池で、明らかに彼らがセメントをこねて作ったものだった。セメントはまだ十分に乾ききっていない。縁は赤茶けた土が混じりこんで、指の跡がいっぱいついている。そこに泥水が入っていて、木の舟が幾つか浮いていた。将棋の駒の形に鋸で挽かれ、真ん中に帆柱とおぼしき釘が一本打ってある。

たけしはしゃがみこんで、おずおずと人差し指をのばし、一番小さな、自分の掌に入るくらいの舟の尻をそっと押した。ざらついた木肌は濡れて意外な量感があり、舟は肩を揺らして泥水の上を這った。

「それ、たけしちゃんの舟だ」

長男は宣言した。その好意溢れる言葉は、同時に宣戦布告だった。皆自分の舟を決めると、船尾を突いてぶつけあった。皆にならってたけしも自分の舟をめちゃくちゃに突きたてた。膝を土につき、身を乗り出して。

次男のすばしこい舟がたけしのにのしかかろうとすると、長男の一際大きな戦艦が間に入って防いでくれる。と思いきや、もうその巨大な艦は擦り寄るたけしの舟を岸辺に押しつぶしていたりする……。

シャツだけでなく顔にも泥水がかかったが、たけしはただ面白くて、争いにうちこんだ。こんなにたくさんの手が一度に絡み合う遊びは初めてだったから。いつか見た画集の海戦の図が、今目の下で繰り広げられているとも思え、自分が池の中に飛び込んで皆ともみあっているとも思えた。

いつの間にか長女と一番下の女の子が消えていた。

「鉄の船をつくろう」

長男は立ち上がると、もう曇ったブリキ板と金ばさみを持ってくる。舟形を器用に切り抜き、切れ目を入れてへさきと船尾と船端を起こし、たちまちたけしの掌ほどの鉄船を作る。長男は大きくてきれいなコロ坊主をうつむけて仕事に励んだので、たれてくる青い洟をすすらずにいたが、それがどんどん伸びて垂れ下がり、途切れず、と、彼は船とはさみを投げ出して竹の棒を拾い、洟を巻取りはじめた。青い粘液は回虫のような形を保ち、棒に絡み付いて、遂にすっかり抜け落ちた。その根元は大通りの口にある薬局の試験管の底のように丸い形をしていて、ぬめぬめと灰色に光っていた。

ブリキの船は結局、浮かなかった。いくらそっと水面に置いても。切れ目からすぐに水は侵入して、揺らいで沈んでしまう。繰返し試される度にたけしは、今度こそうまくいくようにと息を殺して念じるのだが、やっぱり駄目だった。

「当たり前だよな、沈むの。やっぱり隙間にハンダ流さないとな」

長男は落ち着いたものだった。

「パンパンガールが出てきたよ」、道に出ていた次男がその時知らせに来た。

皆んなで門の外に駆け出す。すずこの家の向かいの角の家、その一軒先から出てきたのだろう。確かに深紅のスカートをはいた女が、大きな米兵の腕にすがって向こうに歩いていく。

「パンパンガール、パンパンガール」

皆に混じってたけしも声を限りにはやしたてた。女と米兵は振り向かない。女は米兵の半分ぐらいしかないほど小柄で、しかも胴長で、地面に着きそうな低さで紅いスカートの腰は開いていた。「パンパンガール、パンパンガール」、向うの角を曲がってゆく二人に追い討ちをかける。なんという楽しさだ。と、突然そこに「ぼう！　ぼう！」という大きな声が割り込んでくる。おじだ。小太りの体がすずこの家の角に現れる。丸い顔に黒縁の眼鏡を光らせて。たけしの新しい友達たちはもう自分の家の裏に走りこんで消えていた。

おじはたけしの手をつかみ、有無をいわさず家へ引きずっていった。

「いけん、いけん。あんな危ない遊びをする子とあそんだら、いけん」

すずこの家の門の前にくると、彼女がそこにいた。白い無表情な顔が、それでもたけしの目を追っている。彼女の目にはなんだか深い問いがあって、たけしはおじに引っ張られながらも、何度か振り向いてやった。おじは彼をすぐには母に渡さずに、おばの寝ている所に連れ込んだ。

「まあ、まあ、こんなに泥だらけになって」、おばは起きて、枕元の丸い大きなブリキの器を開けた。白砂糖がいっぱいに入っている。それをスプーンですくうと、おばはたけしの口に突っ込んだ。ざらつく強い甘さを彼は口蓋と舌ですりつぶした。

その夜たけしは発熱した。くにおとお尻を突っつきあって、それから五人兄弟と友達になって、なんだかめまぐるしい一日だった。目蓋の裏をくにおのお尻や、新しい友の青い洟や、女の紅いスカートがぐるぐると廻っている。重ったるい目を開く。天井はいきなり顔の上に落ちてくる。そしてその瞬間から天井は絶えずその落ちかかる素振りを繰り返した。

たけしは額を冷やし続ける母の手を押し退けて、半身を起こす。驚いた父や母の目がそここにある。その目に応えず、たけしは弱々しく母の胸を探った。乳首をつまむ。いつも寝る前にそうするように。


すずこの母親は腰をひねってお尻を突きだしては、何度も平手で打ってみせた。

「心配ないわよ。お尻、ペン、ペン。お尻、ペン、ペン、ペン、てやってみせたぐらいのことよ」

彼女は白いブラウスに紺のモンペをはいている。すずこの母親とは思えない、ほっそりとした顔の下に小柄で細い体があり、ただし腰は不似合いに大きく飛び出していた。その紺の尻を小気味よく振り出しては、子供が遊び相手をからかう時にする『お尻、ペン、ペン』の仕草を何度も繰り返す。腰を回転させる度に、はいている下駄の歯が砂利を踏みにじって、きしんだ。

ああ、砂利の下に顔を覗かせているドタ石も踏んでいる。すずこが踏んじゃいけないって言ったお月さまを、ぐりぐり踏みにじっている。

たけしは思いながら、すずこの母親にやや離れて向き合っている母の後ろに立っていた。母は緑とも青ともつかないワンピースを着ていた。

ちょっと前、たけしが庭に出ると塀の外の路地で母の声がしたのだった。

「裏の奥さんがね、たけしがくにおちゃんに変な遊びを教えるっていうのよ。二人でお尻を見せあうんですって。だから困るって……」

それは違う。お医者さんごっこを教えたのは、くにおの方だ。たけしの心には即座に反論が涌きあがらぬではなかったが、それよりも、へーっという気がして、母たちのところにのこのこ出ていく気になった。母の声にこめられている不満が自分に向けられていないことも察して。話し合う母の顔を見ながらも、同時に、突然現れた話題の主の方にも何気ない視線を送りつつ、すずこの母は『お尻、ペン、ペン』の真似を始めたのだった。

「心配ないわよ。お尻ペンペンごっこやっただけなのよ。別に目くじらたてることないわ。二人はそれだけ仲良しなのよ。顔だってよく似ているじゃない」

すずこの母は話し掛けるのはあくまで母に話し掛けて、たけし本人に同意を求めたりはしなかった。母は肯いていた。たけしは近寄って母の腰に手を当てた。薄手なのに織り目が硬い奇妙な感触の布地は、母の体のぬくみと柔らかさをかえってはっきりと伝えてきた。母は驚きもせずにたけしの頭を脇に抱き寄せた。「弱虫で、弱虫で困るわ。泣き虫で――」、やがてお米の配給のことに話題は移った。

竹塀に沿って何本か幼いマサキが植えてある。その小さな葉の柔らかな緑は透き通るようだ。間あいだにタンポポがある。しかしそれはもう大きく育ち過ぎていて、半分は高い茎にまだ濃い黄色の花を着けていたが、半分はもう白い綿毛を振りかざしている。それからヒメジオンの群れが塀の根方から咲きだしている。すずこの家との境にかけては、アヤメが並んでいた。

くにおは嘘をついたのだろうか？　自分の方から誘っておきながら、ぼくがお尻を出させたなんて……。

しかしこんな疑いは持続せずに、薄い煙りとなってすぐにこめかみの辺りから空中に消えていった。それとともに母たちの話し声も耳から抜け出てしまう。母に寄り添い、母の体を感じながら、たけしはもう塀の根方の木や草に思いをさまよわせていた。

マサキ。タンポポ。ヒメジオン。アヤメ。……人であるよりも、草や木である方がずっといいんじゃないかな。タンポポの黄色い花は平気で白髪になれる。いや、マサキなんか、木だから、いつまでも生きているんじゃないかな。たとえ上のほうが死んでも、根はいつまでも生きていて、何度も何度も生えかわるんじゃないかな……。

たけしは空を仰いだ。塀の上からは、やっと塀を追い越したばかりの柿の木が覗いていて、その若葉も黄緑に透き通り、互いに身を重ねてはやっと青いくっきりとした葉影を映しだしていた。

木なら死ぬことなんか怖くないだろうな。そんなこと木には分からないんだから。それにしても人って何故、死ぬんだろう。こうして、せっかく生きているのに。何故それが居なくなってしまわなければならないの？　それも、ずっと、ずっと居なくなる。人から誤解されてもいいから、厭なことが幾らあってもいいから、ぼくだけはいつまでも死なないで、ずっと生きていられないかな……。

すずこに『し』について一言教えられてからずっととりつかれている考えだった。

たけしは母の腰をつかむ手に力をこめた。

「痛いわよ、たけしちゃん。――この子ったら、この頃よくこんな風になるの。何かに怯えてばっかりいるの。本当に弱虫で困るわ」

母からたけしは身を離した。五月の初めの午前だった。

何て変なんだろう。人間はやがて死ぬために生きなくちゃならないなんて。こんな五月の明るい表面のすぐ裏は、真っ暗な闇なんだ……。

たけしは立っているのもばかばかしかった。平気でお米やパンの話をしている母たちが腹だたしかった。

気付くと、すずこが自分の母親の後ろに立っている。白い地に紺の小さな水玉の飛ぶワンピースを着て、めかしこんでいる。彼女の姉の小学校五年生になるちよこのお下がりであろう。今日は学校はお休みだ。

すずここそ死というものを教え込んだ張本人であった。それなのに、あれ以来まったく死について触れず、死のことなんかどうでもいい素振りだった。でもたけしはそんなすずこに腹が立たなかった。今もその姿はどこか頼もしくて、たけしはむしろほっとする。フクロウさながらのかわいらしさ、すずこの白い顔に彼は近付いていった。

「モチノキ」、彼女は手にしていた木の枝を言葉とともに差し出した。光沢のある葉をびっしりつけて、枝元は乱暴に引き裂かれている。

「あのコロ坊主たちがさっきそこから盗んでいったの。塀を乗り越して。一つ落っことしてってたの」

すずこは目で彼女の向かいの家を指した。そこの竹塀からは大きな椎の木が道に溢れ出ていて、その後ろの方にモチノキがあるということだった。

「木の皮から鳥モチが採れるっていってたけど、葉っぱだって大丈夫だよ。たけしちゃん、ひらべったい鉄石探して。それから丸い石」

そんな石はすぐに見付かった。すずこは平たい石のほうを地面に置き、そこにモチの葉を一枚敷くと、丸い石を握ってそれをたたき始めた。

「こうやってね、たたいてるとね、だんだんね、粘ってくるのよ」

カッ、カッ、カッ、カッ……、不器用そうに石を握りながらも、正確な距離、間隔を置いて、すずこは打ちつける。葉の真ん中はすぐに亀裂が入ってつぶれ、葉の肉の黄色い断面が跳ね上がってきた。すずこに並んでたけしも真似をした。すずこの音に合わせて、カッ、カッ、カッ、カッと葉をたたいた。

「あら、あら、何を始めたのよ」、二人の母親は近寄ってきて覗きこむ。たけしの葉っぱはすぐにちぎれて、すっ飛んでしまったので、新しい葉に替え、前にも増して激しくたたきだす。親たちに見られていると思うと得意で、まるで自分が何か機械の一部になったような気がした。例えば、母とよく一緒に行く精米所の機械の中にすっぽり入り込んだよう。時々手を休めて潰れた葉に触ってみると、微かな粘りを感じる。――しかし、いくら葉をとっかえひっかえやってみても、その微かな粘り以上のものは出てこなかった。

ふと気がつくと、母たちは消えている。いつの間にかそれぞれの家に入ってしまったらしい。たけしは急に興が醒めて、たたくのを止めた。手がじんじんする。そんな彼におかまいなしに、すずこは手を休めず、初めと同じ速さで打ち続けている。うつむいて、おかっぱに隠れがちな白い顔が紅潮している。たけしもシャツの下で体が汗ばんでいた。しゃがんでしっかり踏まえたすずこの脚の間から、白いズロースが見える。やさしい股の付け根に。

お尻の反対側が見える。窪んでいるような、膨らんでいるような、何もないような……。おかっぱに隠れがちなすずこの目と目が合ったように思って、たけしは弾かれたようにまたモチの葉をたたき始めた。でももう好い加減に。

「あら、あら、何やってるの?」

姉のやすこだった。ちょっと覗いたと思うと、もう角を曲がってどこかに行ってしまった。

「あら、あら、何やってるの?」、そっくり同じように言って覗きこんだのは、今度はすずこの姉のちよこだった。すっと背の高いその後ろ姿も瞬く間に路地から消えてゆく。まるでそれを待っていたようだった。すずこは石を捨てると、上気した顔をたけしの顔に着かんばかりに寄せた。赤い目蓋が黒ずむほど眉をひそめると、その目には今までとは打って変わった表情が浮かんだ。怒ったような、恥じらうような、乱暴に求めるような……。

「ね、ね、ね、たけしちゃん、ね！」、押し殺してかすれた声で言う。

「教えて、ね、くにおちゃんとどうしたの？　ね、教えてよ」

「お医者さんごっこ……」

弱々しくたけしは答えた。

「じゃ、わたしたちもしようよ、お医者さんごっこ」

すずこはもうたけしの手を取って促していた。たけしは軽い立ちくらみがしたが、心はもう決まっていた。

女の子と、お医者さんごっこするんだ。

たけしはまたあの進む方向が確かに決められている光の滑り台を滑り始めていた。ヒヤリと冷たくて、同時に熱い風。たけしはすずこと手を取りあって、彼女の家の庭に滑り込んだ。

門と玄関のあいだにあの背の低い、痩せたヒバが立っている。その陰に隠れてすずこは家の中を窺う。たけしの家の側の窓辺にすずこの妹、みちこの姿が見える。まだ三つになるかならないかの末の娘だが、すずことは正反対に色が黒く、目はくりくりとして、髪の毛が縮れている。たけしは息を詰めながら、鼻先のヒバの葉に指をもっていって、黄緑の柔らかな鱗をむしってみた。

そんなたけしをとがめるように強く手を引いて、すずこは路地の角の側の窓辺を伝って裏に廻り、その曲がりはなで止まった。そこはやはり古い竹塀だったが、向こうの一箇所だけが杉板の屋根に覆われているだけで、明るい。すぐ裏はあの畑である。

どうするの？　振り返って目顔で尋ねながら、すずこは自分でさっさとズロースを下ろし、しゃがんだ。水玉のワンピースの裾を脇に抱えこんで。

同じ白いといっても、くにおのお尻に較べてすずこのそれは、蠟の白さと滑らかさをもっていた。たけしがすずこに重なるようにしゃがむと、彼女はきゃしゃな首を一生懸命に前に落とす。盆の窪のえぐれが強く張り詰めるほど。剝き出しの腰に背骨が小さく浮き立つ。その付け根の白さが謎めいた灰色に割れこむところを、たけしの指はもう探っていた。

くにおにもしたように、両手の指で二つの山の間を分ける。覗きこめば、そこにかわいい穴がある。よくは見えないけれど。

くにおは四つん這いになってくれたっけ……。たけしがもどかしそうに指に力をこめると、すずこはいきなり立ち上がった。ワンピースの裾を抱えて、ズロースを足元に落として、竹塀に前のめりに身をあずけた。

　これでたけしはしゃがんだまま、今は鼻先にある女の子のお尻を存分に調べることができた。探る指を柔らかな二つの小山がこぞって塞いでくるのをこじ開けると、ひっそりと口を閉ざすアザミのつぼみがある。このたあいない探索と、このあっけない発見をたけしは何度も初めからやりなおし、繰り返す。いくらやっても飽きない。いくらやってもその度に、この柔らかな肉の反発の感触をすぐに忘れてしまうだろうという戦《おのの》きが涌いてくる。再び触らずにはいられない。

　口をひしと閉ざしながら微かに息付いている褐色のアザミは、いつ消え去ってしまうか分からない。一瞬でも覗くのを止めれば。

　いくらやっても飽きない。気を失いそうなもどかしさ。――そして、このお尻の反対側にはいったい何があるのだろうか？　たけしはいつの間にかそんなことを考えている。すずこのお尻を優しくつねる手は休めずに。

　女の人のおへその下、そこにはしかし何もない筈だ。やすこちゃんとお風呂に入るとき。やすこちゃんのおへその下には何もない。のっぺりと三角の空白だ。そしてお母さんとお風呂に入るとき。お母さんはそういえば前を見せてくれたことはなくて、いつも何かで隠している。だからこれも空白だ。でも、この何もなさそうなところが、何だかひどく心を引かれる……。

しかしたけしは相変わらず、すずこのお尻を分けていた。

「たけしちゃん、今度はわたしがお医者さんよ」

いきなりすずこは言った。たけしは従って、入れ代わってズボンを膝に落とし、塀に向かって立った。すぐに彼女の指がお尻に這うのを感じる。悪くない。

目の前の塀の一箇所が破れていて、チラチラと裏の畑が見える。もう十分に育って、僅かに黄ばんでさえいる麦の緑がある。明るい……。

……誰かいる。ぎょっとしながら隙間から覗いているほかはない。むこうを向いて麦畑の真ん中に立っているのは、しかし人ではなくて、案山子《かかし》だった。ずいぶん好い加減な案山子で、それがかえって人に似せている。いつ立てられたのだろう？　灰色に変色した麦藁帽子を阿弥陀にかぶり、煮しめたようなシャツを着て、もうその下は十字に組まれた竹。ただ左手の先に黒い大きな旗をぶらさげている。あんなもの、何の役に立つのだろうか？

たけしは吹き出したくなった。お尻にはまだ彼のやりかたを真似たすずこの軽いつねりが這いまわっている。

と、一瞬、麦畑にざわめきが起こった。せっかく実ってきた麦の海に飛び込んできたのは、あのコロ坊主だった。激しく笑う横顔が飛び回るのが塀の隙間からよく見える。弟がそれに続いている。散々に荒らしている。それなのに変な案山子は何もできないでいる。あの冬の日、トラックの泥よけの盗られるのを見て何もしなかった自分みたいに。

すずこはやっと手を休めて、たけしに寄り添って立った。賑やかな麦畑。静かなすずこ。今は、死ぬことなんかちっとも怖くない、とたけしは思った。胸はまだドキドキ打っていて――でも静かだった。

みかんのはなが　さいている
おもいでのみち　おかのみち
はるかにみえる　あおいうみ
おふねがとおく　かすんでる

すずことたけしと、それにそれぞれの姉、ちよことやすこと、四人は声を合わせて歌った。クローバーの白い花が敷き詰められた小さい野原を占領して。

五月の終わりはもう雨もよいで、その晴れ間、四人は披露山に登ったのだ。たけしはこれが始めてだった。しかも土手のバス通りの側から通じる広い道を登ったのではなくて、もっと海に近い山陰の登り口から、狭い急な山道をよじ登ってきたのだ。両側の切り崩された山肌には大きなシダが貼りついていて、その上から竹林や桜林がかざしてきて、小暗い山道は暫く続き、たけしは踏んではならぬ筈のドタ石を、避ける余裕もなく踏みしめ、踏みしめ、滑っては這って越えて、やっと小さく開けた野原にたどり着いたのだった。

ただしここはまだ山の中腹を越しただけで、海は見えない。細道が小さな谷を左に巻くところで、右がこの野原、その緩やかな斜面を登りつめれば、黄ばんだ麦畑になる。

四人はクローバーの上に座り、早くもお弁当を広げた。おじが白いパン——普通に売っている食パンよりもっと白いパン——を貰ってきてくれたので、母はそれを焼き、やはりおじから貰った本当のバターを塗り、更にその上に砂糖をまぶしてお弁当にしてくれたのだった。

バターのどこか脆い旨味のなかにくぐもっている砂糖は、一呼吸おいて鋭く舌を刺してくる。お母さんもお家で少しは自分の分を食べているかな？　と思いやらぬ訳ではなかったが、結局たけしは皆と同じく割り当てを一息に食べてしまい、そして歌った。

みかんのはなが　さいている……。

空を思い切り仰いでも、目の底に塗り込められている緑と白を拭いさることはできない。クローバーは暗い緑を小さな三つ葉の型に抜いた上に、ささやかな白い花を浮かべている。暗い緑と白、それはひそやかだけれど、びっしりと野原を織りなしていた。

たけしの目は思わず淡い紅紫色に染まっていった。

つい前年の終り頃までいた那須のことを、もうあまり憶えていなかった。というより、今は何も思い出す必要もないというところだった。このところ目の前には次々と新しく、面白いことが現れてきて、もう自分から元を振り返ることなどできなかった。

ただこの瞬間、目の下のシロツメクサは――五年生のちよこはクローバーのこの別名を教えてくれた――白く裂けてこごんだ爪を微かに開いて、薄い紅紫色に染まってみせた。那須野の春の田に一面に咲くレンゲの花を、たけしは思い出していたのだ。

たけしにとってレンゲは一番好きな花というより、花の埒外にあるなにものかであった。春の夕暮れ、田の広がりから薄紅い靄《もや》が浮き立つ。遠い山の端の夕日と呼びあうように。乾いた田に踏み込むと足が紅く染まる。足だけでなくて体全体が、それも体の中から薄紅に染まる。そして真近に見る花の一つひとつは紙捻《こより》でできた小さな蝶ほどに貧しげなのに、紅い野全体の悩ましさとちっとも矛盾しない。小さな花一つひとつのささやかなきわやかさが、そのまま野を覆う靄でもあるのだ。

——シロツメクサの白い群はそれほど妖しくはない。どんなに群れ集っても、びっしり敷き詰められた緑の上の一つひとつの白はバラバラのままだ。さっぱりした感じがする。

女の子たちはその白い花を編み始めていた。花茎を出来るだけ深く抜き、絡げ、結んではみるみる花輪を伸ばしてゆく。たけしも見様見真似でやってみる。皆のように指などで茎をむしらずに、銀色の柄のナイフで切り取る。良く切れる。そこまでは得意でいいのだけれど、花を絡げる段になるともううまくいかない。腹がたって、あたりの花をメチャクチャに薙ぎ払うと、彼は声を張りあげて歌いだした。

ブンガワンソロ　リワヤトゥムイニ
セダリドゥルジャディ　パルハティヤンインサニ
ムセムカマラ　タクセバラパラエルム
ディムシムフジャンエル　マルアプサンパヤウ

あのいつもむっつりしている父が、たまに朝、床の中で機嫌のよいとき、寝煙草をしながら歌ってくれるのを、いつの間にか憶えたものだった。勿論意味など分かりはしない。胴間声を張りあげる父の歌いかたをそっくり真似しているだけ。父は南方の戦地で知った歌だという。みんな傾聴しているふうなので、細い声をふりしぼってがなりたてると、自分で興奮していって、もう止まらなくなった。また初めから繰り返す。

生れて始めて那須で憶えた『赤城の子守唄』はやめた。

女の子達は花を編む手を休めずに顔を見合わせて、そして一斉に吹き出した。

女の子と一緒。なんて楽しいんだろう。皆、白い半袖のブラウスを着ている。ほっそりと大きなちよこは髪をみつあみにしているが、やすこもすずこもおかっぱだ。その下の顔を白々とうつむけて花を編む。

しかもすずこはあれ以来たけしの秘密の遊びの相手だ。そのすずこは例の不器用そうな指使いながら、年長の二人にそれほど遅れず、一心に花の縄を繰り出していた。

たけしはがなりたてた後の空らの胸に草いきれを吸い込んだ。目立って大きな花の首にナイフの刃を、今度はそっと当てて、切らないようにした。

ナイフのこととなると、やはりおととといのくにおとの事件を思わない訳にはいかない。

ただもう胸の痛みはない。元々そんなもの、殆どなかったのだから。

おととい。たけしが雨もよいの外に出ずに部屋に一人でいると、庭から裏に抜ける側の出窓がそっとたたかれた。開けてみると、くにおの困ったような顔が見上げている。その不意の出現に対して——くにおはどうもいつも思いがけない時に現れる——たけしは自分の心がほとんど何も動かないことに気付いていた。お医者さんごっこのことといいつけたろ、それにこっちが誘ったなんて嘘ついたろ、などと非難する気は全くなくて、ただ、しらっとした顔を向けていた。

「ねえ、たけしちゃん、ナイフ貸してよ」

おずおずとくにおは言った。

「木を削りたいの。小さいナイフでいいから」

黙っているたけしにくにおは更にささやくように懇願した。木の切れ端を手に握り締めている。

「いやだよ……」、たけしは拒んだ。

意地悪をしてやろうなどという意欲もなくて、ただ藁半紙一枚みたいに薄っぺらな面倒臭さから、そうしていた。

くにおは、お願いだから、と重ねて頼んだりはしなかった。たけしの向ける力ない目を、眉をひそめてただ見返していた。やがて彼は地面に視線を移し、探していたが、何かを拾いあげた。三角形のガラスの破片だった。

それを右手にしっかり握ると、彼はその場で木片を削り始めた。木片とたけしの顔とを代わる代わる見較べるようにして。木の短刀でも作ろうというのであろうか、細長い木にガラスの刃を押しあてて、力を込める。

それを繰り返すうち、くにおはもたげた顔をビクッと振って、急に手をとどめた。眉が深く、ふかくしかめられた。でも、声はあげない。目を伏せ、木片を静かに捨てると、ガラスを握り締めたままの右手を左手で大事に包んだ。それから背を向けて、帰っていった。白いシャツの衿に首を埋め、背をこごめて。

くにおが手を切ったということは、たけしにも分かった。でもそれを大変だと思う前に、くにおが泣きださなかったことに対して、深く感心していた。

ぼくだったら、すぐに泣きわめくことだろう……。

翌日、つまり、きのうになって母から、くにおが何針も縫ったと聞かされた。

「なぜナイフを貸してあげなかったの？」、また特に責めるでもなく母にきかれて、「厭だったんだもん」とだけ答えた。

右手の肉の厚いところにガラスが呑みこまれて、大きくえぐられたそうだ。それなのにくにおは泣かなかった。声もたてなかった。たけしは自分が悪いことをしたと思わぬわけではなかったが、それよりくにおという存在、その強い心のありかたに対して、不思議な畏怖を覚えたことだった。

——もう二度とくにおとは遊ぶこともないだろう、なんとなくそんな気がした。


クローバーをナイフで切り伏せたところに、たけしは仰向けに寝た。目を閉じると、草いきれが前にも増して強く鼻を襲う。背中や半ズボンの足に触れる青い湿りには奥行きがあって、初めは冷たくても最後のところが暖かだった。

「やすこちゃんち、そのうちお引っ越しするんだって？」

「えっ？　お引っ越し？　知らない……」

ちよこの突然の質問に、姉のやすこは戸惑うふうもない。問う方も、答える方も花を編むのに熱中しているのが、息遣いで分かる。

「やすこちゃんや、たけしちゃんがお引っ越しするなんてないよ」

何呼吸か、ずっと遅れて、すずこのつぶやきが聞こえた。

「今度の『少女クラブ』の付録、やすこちゃんにあげるわよ。ボール紙のお人形。すずこはいらないって言うの。変わってるんだから、この子は」

ちよこは明らかにその母親の口調を真似ている。

引っ越しという言葉に、一瞬おやっと思って薄目を開き、首をねじると、青い草の向こうに赤い格子のスカートの洞があり、内にあの白いズロースがあった。腰を下ろしたすずこだ。

あれから二人は何度かお医者さんごっこをやっていた。その度に、たけしはすずこのお腹の下、おしっこをする部分に不思議な魅力を感じたものだが、そこに触れることはなんとなくはばかられて、ついお尻ばかり診察していた。

でも、あの女の子のお腹の下、ただつつましくおしっこの溝があるだけの、あの不可思議な空白はなんだろう。まるで白兎のしっぽのようなたわいなさ。いや、シロツメクサの小さな花ほどの素っ気なさなのに、なんだか気になる。それでいて、つい触ってはいけない気がして、触らない……。

たけしはここで母のことを思う。母は——たけしにとっては何よりも、胸、おっぱいだ。これを触らないでは、彼は夜、眠ることができない。母はおっぱい。すずこはお尻。そしてそれからおしっこをする、あの小さな白いところ……。

海の見えるところまで行こうと、たけしたちは山道の先を登っていった。ねだったわけではないのに、ちよこは自分の編んだ大きな花輪をたけしの首に掛けてくれた。そのことだけで満足して、たけしはそれをすぐに返した。足にするびるようで歩きにくかったし、それならば輪回しにでもして棒でひっぱたいて、ずたずたにしてみたくなったからだ。

道は上にいくにしたがって明るくなるというのではなく、かえって暗くなるようだった。山側の岩肌の上からかぶさってくる林、そして谷側から盛り上がる林は深くなるからだった。道は平らに、そして広くさえなっていくのに、黒々と湿っている。

やがて岩肌が水をしたたらせ、黒光りして窪んでいるところにさしかかった。そこには四角いコンクリートの囲いがある。

「この山にはね、ついこの間まで日本の兵隊さんがいっぱい立て籠もっていたんですって。

高射砲っていう、飛行機を撃つ大砲の陣地だったんだって。上の方に砲台の跡があるよ。ここは、兵隊さんの水汲み場」

ちよこが説明してくれた。皆と一緒にこわごわ水汲み場の囲いを覗きこむと、黒い岩の窪みには意外にもきれいな——、いや、ただ色としてきれいな緑の水が、湛えられていた。いかにも飲めそうもない青緑色の水。

その水の表面の変な静まり。冷気が透明な靄となって這っているほかには、何もない。何もいない。それなのに、たけしはじっと見続けた。女の子たちは小さな池にはあまり興味がないようだった。早く行こうよと促している気配だ。

しかし——そのとき水面に、何かが現れた。薄い、斑《まだ》らな影。何だろうか？　なおも目をこらすと、それはどうやら人の影。水の中から浮き上がってくる。大きな頭——、あれは鉄兜をかぶっているのではないか？

たけしはギクリとして囲いから身を離した。兵隊の影は、水の中にいるだけではなくて、自分たちの後ろにもいるのではないかと気付いて。

ああ、身の回りになんだか冷たい影のざわめき、ひしめきを感じる。影の風が動いている……。

たけしの様子が変で、女の子たちも何かを感じたのか、水汲み場から一斉にあとじさる。それからは、皆で後をも見ずにかけだした。

そこまでと違って明るい林にきて、やっと走るのをやめた。そこに墓地があった。中央に祠《ほこら》が立っている。その扉からたけしは目をそむけて歩き過ぎる。

いきなり辺りは開けて、高低の差の激しい大きな三叉路になり、皆は左の広い坂を登っていった。

坂は山肌を巻いて右に曲ってゆき、上りきる手前、右側にドタ石の小山があり、その上からコンクリートの建物らしきものの頭が突き出ていた。そこは素通りして更に坂を上ると開けて、頂上は黄土色の土むきだし、平らな広場になっている。

広場に踏込んで少し行くと窪みがあった。大きな擂鉢みたい。コンクリートの内張がある。

「高射砲を取外した跡よ」、ちよこが言う。

たけしは石の擂鉢の斜面を滑って平らな底まで下りてみたかったが、とても無理そうだった。たけしの背丈より遥かに穴は深かった。この中に高射砲？　それがどんなものか思い浮かばない。今、石の大きな穴は底まで陽を浴びてからっぽ。白々として人影の染みさえない。すぐに覗くのをやめる。皆はそんな穴をもう二つ通り過ぎ、広場の先端まで行く。そこに立つ。足元から畑が急斜面になって落ちてゆく。

その先、「海よ」、ちよこに言われずとも分る。青さが白いきらめきに邪魔されて、青いとも白いとも決めかねる。水は遠く走って広がってゆく。やがて薄青い空にたどりつく。真一文字に合わさり大きく閉じる線、そんなもの今はしかし怖くない。

「海……」、異口同音に皆で呟き、しばらく眺めてから広場を戻る。石の擂鉢などに目もくれずに。広場からの坂の下りしな、さっき素通りした石の建物に寄った。

小山の道沿いに穴があいていて、そこを入る。小山と思ったのはドタ石の土手で、それに囲まれて部厚いコンクリートの小さな建物があるのだった。

たけしは皆の先に立って建物の入口からこわごわ内を覗くと、上の方に窓が二つあるだけ、薄暗く狭い部屋の足元も半ばは土に埋もれている。

「ここに命令する人がいたのね」

ちよこは独り言のように言う。しかしたけしにはこんな所に人がいたとも思いにくい。ましてや今何かがいるとも感じられない。ただ石に閉ざされた小さな空間があるだけ。ただ何もないだけ――。

こんな所に閉じこめられたら、外の光の中に出ようとしても二度と出られないだろう。ここでやにわに息苦しくなって、たけしは女の子たちの間を分け、そこを離れ、土手の穴を潜って外に駆け出ていた。そこで止まることができず、坂道を渡り、道脇の草の土手を下り、それでもやめられずその下に平らに開ける畑の畦道も走った。——畦が尽きやっと止まる。先は崖。

息をととのえる間もなく見おろして、たけしはまたぎょっとして息をのんだ。

崖は下から生える木々の梢に埋もれている。そこで目に飛びこんできたのは、ふくれ上る青葉の茂りだけではない。その茂りの真中にぽっかりあいた穴だ。葉の群にうがたれた——井戸。

その深い井戸の底に水がある。ここは青なのか灰色なのか決めかねる水。さっき広場の先で見た、白く輝きながら水平線に向う海とはちがう——海。——だからこの青葉の井戸の底はそこで終らないで、そこ、海面の下にこそ本当に深いふかい、限りなく深い淵がある。

もうたけしの胸はその淵を沈んでゆくのだった。

——ああ、だめだ。息ができない。——さっきのあの小さな石の建物の内のほうがまだまし――。

「海が見えるね。木の間。逗子湾」

いつの間に来たのか、すずこの白い顔がたけしの怯えきった心の隣りにあった。

白いにおい。あたたかな――。

広いベランダの白く塗られた柵には近寄ってはいけないと思って――廊下からサンルームを抜けてベランダに出る――、その板張りの付け根、サンルームのガラス扉に寄り掛かって、たけしは座っている。海辺の邸の二階のベランダ。

それでも海はじかに見えない。この家の幾つか温室もある広い庭、その外側の畑、そして林、それから渚に接する家々、それらをさしはさんでやっと砂浜になるのだから。

しかしたけしは、あの広々としながらその実水平線で閉じている息苦しい海というものに、少し近付きすぎてしまったと思っている。いや、底のない淵に。

もうこの曇り空からは雨が落ちてきそうもない。薄い泥水を斑なく塗りのばしたような空。それはあしたにも剝けて、これも見かけだけは巨きな夏空が脱けだしてくるに違いない。

たけしのうちは海辺の邸の二階に引っ越してきたのだった。たけしが山で小耳にはさんだ引っ越しの話は、本当のことだった。七月に入って何日かたった日、母から、「あしたはお引っ越ししよ。海のそばで、もっと広いところに移るの」と宣告された。翌日にはすずこの家の角にトラックがきて、箪笥やら行李やらバタバタと積み込んで行ってしまい、たけしはすずこにも別れを告げずに母と歩いて海に向かった。

それがつい二、三日前のことなのに、遠い昔のように思われる。

おばの千代がひどく乱れた寝巻のまま玄関に出てきて、泣きそうな顔をしてたけしにほほ笑みかけ、黙って大きな羊羹を二本、手に押し付けた。あまりに大きくて、たけしは思わず取り落としそうになったほどだ。母は彼の手を支えながら小さな声で、「長いことお世話になりました」と言って、深く頭を下げた……。

今ベランダにいるのは、たけしだけではない。平気で柵の方に寄って、すずことやすこが、おままごとをしている。今日になって突然、すずこが遊びにきたのだった。やすこが連れてきたのだという。

同じ町のなかをちょっと離れて、数日顔を見なかっただけなのに、たけしはすずこと顔を合わせた瞬間、ギョッとした。変に疎遠なものに感じて、とまどった。すずこもたけしにはもう二、三日前までの親しさを見せない。元々かわいいのに表情に乏しい顔を、しらっと向けているばかりだ。それなら前のように、彼女のことを姉の友達として遇するにしくはないと、たけしは決めてしまい、彼の方も親しさを表さずにいるのである。

彼女の顔を見るまでは、すずこちゃん、どうしているかな、などと胸の中でつぶやいたりしていたのに。

二人の女の子はグラジオラスの花を刻んでいた。突き出た花の筒を引き抜いて、鉛筆削りで小口に切っている。バラ色の花の筒。

今までと一変して女の子の遊びに加わろうとしないたけしの気を引こうというのであろうか、「オチンチン切りましょ。オチンチン切りましょ」と小声で歌い、くすくす笑いだした。切られる花は確かにオチンチンに見える。

と、たけしのオチンチンは微かに痛みだした。きのう、この邸のタイルのお風呂に父と二人で入ったときに、そうだ、父はたけしのオチンチンまで石鹸で洗って、しかも先を剝き出しにして、溝にたまっていた黒い垢を大きな爪でこそぎ取ったのだった。たけしのいやがるのもかまわずに。

へっちゃらさ……、オチンチンをからかう女の子に知らぬ顔をして、たけしは両手に持ったおもちゃのピストルを取り直した。

引っ越しする数日前に、たけしがねだりもしなかったのに、おじが買ってくれた二丁の拳銃。手頃な重さの鼠色の鉄でできた四角いピストル。紙カンを撃てるようになっているが、おじからは紙カンを使うことを厳禁されて渡された。でも、こうして弄ぶだけで、たけしは十分に満足だった。

なんてすばらしい手触りだろう。丁度手のなかに入るようにできている金属。

二丁の拳銃で彼は二人の女の子の頭を越して、海の方の空を狙った。ちょっと重い撃鉄を起こして、斑のない曇り空の一点、そこだけが明るいところをめがけて、左右のピストルを同時に発射した。

ピシッ、と撃鉄が落ちる。やすことすずこは気味悪そうに顔を見合わせた。

夏空になる前の曇り空。柔らかな感じの灰色でも、やっぱり、ゆううつ、だ。母が毎日言っている。「ゆううつな空ね」と。

そうだ。こうして生きているということは、ゆううつなんだ。お母さんが毎日のようにそう言っている。生きてても、楽しいことなんかないわ……。

そうだ、おままごとなんかやっていったい何になるんだろう。何をやっても人はやがて死んでしまうんだから、むだなんだ。台所で本当のごはんを作ってくれるお母さんだって、ぼくを死ぬことから助けられそうにもない。だから、おままごとなんかやって遊んでいて、いったい何になるというんだろう。

死の思い――、ああ、あれは嫌だ。あれに襲われると目がくらむ。いや、胸がまっくらになる。とくに闇のなか。

――夜中ふと目覚める。暗い。すると、ああ、あの音。低いひくいとどろき、ただゴロ、ゴロ、ゴロ……。進駐軍の飛行機。空のすべてが低く鳴る。

海辺に越してきて夜空はいっそうからっぽになった。――そしてその下の淵はいっそう深くなった。いや、からっぽの空そのものが同時に底なしの海なのだ。

だめだ、この空にも海にも何もない。いくら待っても何もない。――ああ、だから、生きている人はそもそもいつまでも生きることを許されていない――。

またまた死の思いを手に持つピストルと同じように弄びながら、たけしはままごとの二人にたいして、変な優越感をおぼえた。特にたけしにわざわざ死の意味を教えた当のすずこが死を忘れたかのように時を過ごし続けているらしいのに、いままでになく腹がたった。刻んだグラジオラスを青いほうろうの皿に水を張ったのに浮かせて、「おいしそう」などと言っているのだから。

「お水がいっぱいすぎたね。あまっちゃった。ここから捨てちゃおう。捨てちゃおう」

いきなりすずこは汲んでおいた赤いブリキのバケツの水を、ベランダの白い柵の間からあけた。

「だめですよ！　お二階から水をまいたりしちゃあ！」

たちまち下からヒステリックな女の叫び声が上に突き抜けてきた。まるでこれをさっきから待ち構えていたみたいに。

「いやあねえ、お母様。あの子たち？　だめよ！　お二階で水遊びなんて。お家のなかが汚れるじゃないの！」

別のもっと若い女の声が続いた。勿論この家の家主で、広い一階を占領する戦争未亡人と、その娘だった。

「へっ、なにさ！　威張りくさっちゃってさ。お家がじぶんちなもんだから。やめよ、やめよ、おままごとなんか。ちょうど飽きちゃったとこだもん。なにさ、戦争未亡人！」

姉のやすこは珍しく罵った。小声で、下には聞こえなかったろうが。すずこはしかしたけしがひやひやするぐらい無遠慮な声で聞いた。

「戦争未亡人なの？　下のおばさん。そう、未亡人てすぐ怒るんだってね。いやだ、いやだ、未亡人。ねえ、お人形さんごっこしよう」

女の子は二人ともたくましくベランダを蹴って、たけしの肩にスカートをこすりつけながら脇を通り、サンルームを抜けて廊下から八畳に行ってしまった。二階には他に階段の反対側に、もう一部屋六畳があったが、そこは簞笥や父の机などが入っていた。

たけしはいっそう、ゆううつ、になって、ベランダを動かなかった。すぐ前まではお得意の、死の考えに戯れてむしろ、ゆううつ、を楽しんでもいたのに、いまや別の憂いに心を占領されてしまった。

死ぬこともいやだけど、こうして生きているというのもめんどうくさいことだな……。

家主の女たちのどなり声を聞いただけで、たけしはもう気弱に挫けていた。

それにしても、何で人は二階から水を撒かれたぐらいで怒らなければならないのだろうか？　まさに絶対の怒る権利を手にしたとばかりに。そして、叱られた方は叱られた方で、きちんと反発しておかなければならない。何さ、未亡人じゃない、と。こうしなければ、生きていけないのかな？　面倒臭いな……。

下の未亡人はおばの千代にどことなく似ていて、面長のきれいな顔をしていたが、面やつれしていないところにかえって険があった。ほっそりした体にいつもきちんと着物を着ていることも、その印象を強めた。

娘のほうは本当にその娘かと疑われるほど似ていず、丸顔でぽちゃっとして、いかにも人がよさそうだったが、今の怒ることを喜んでいるような声をきくと、どうやら見掛けだおしだったらしい。

今の事件ともいえないちっぽけな摩擦で、ゆううつはなかなか消えてゆかない。ピストルを持っているのがだるくなって、たけしは両方ともベランダに置いた。

ぼくがこうして死からも人からも気付かれないように息を潜めているのに、すずこが乱暴なまねをするから、下から金切り声でやられることになったんだ。

今度はすずこに対して向かっ腹をたてていた。

なんでこんなところに引っ越してきたんだろう。あんなに優しいおじさんとおばさんがいたのに……。

たけしはくよくよと思い悩んだ。頭が変だ。

きのう邸の前の路地で——両側に並ぶ邸の高い塀に挟まれた砂の細道——黒い大きなノラ犬の頭を撫でてやったとき、黒犬は喜んで彼の手を軽く噛んだけれど、あれで狂犬病になってしまったのかもしれない。たけしが犬の頭を撫でたと得意になっていると、母が、狂犬病がうつるわよ、と言ったのだ。

お千代おばさんと母の間に何かあったのだろうか？　おじと父とは兄弟で、「アニキ」、「おう！」でなかよくやっていたのだから。あのよくお砂糖をスプーンですくって口に入れてくれたおばが、まさか自分達のことを嫌いに思う筈はないのに。——でも、そういえば、あのちよこお姉さんがチラとそんなことを言っていたのを思い出す。

「やすこちゃんのお母さんとおばさんとけんかしたんですって？」

共に優しい二人が一体どうして仲違いなんかしたんだろう？

たけしは解らなかった。おばに対して腹をたてることなどできず、むしろおばに会えなくなった淋しさの方に、憂いは流れていった。

優しいおば。そしておじもそうだ。おじもまた父以上にかわいがってくれたといえる。おみやげの山。ナイフだって、ピストルだって、それにおもちゃ箱に納まりきれないほど大きなチョコレート色のブリキの電気機関車だってくれた。こんなにいい人達の元を離れて、今やたけしは奇妙な他人の家の上に乗っけられて、海のそばの空に突き出されているのだ。

そういえばきのう、たけしはおばの夢を見た。

海辺にやってきたのはたけし達の方なのに、おばは渚に横たわっていた。母が今着ている朝顔の模様の寝巻をまとっていたが、顔はあきらかに病みつかれたおばのものだった。そのたけしに向けられた静かなほほえみが冷たい光を放っているのも、空にはここのところ現実におめにかかれない月がこうこうと輝いているからであった。おばの背後に黒光りする海はじっと動かず、それでいてその底から海鳴りを轟かせていた……。

かわいそうなおばさん。でもぼくは病気になりたくない。重い病気になりたくない。

夢のなかで月の白く輝いていたところ、そこは今雲に塗り潰されている。

ぼくだけは重い病気にならないように気を付けなければ。死なないようにしなければ。いつか人は死ぬって言う。でも、ぼくだけは死なないようにしなければならない。そうだ、きのうはついかわいくなって黒犬の口に手を入れてしまった。ぼくの手は汚れている。病菌で汚れている。

たけしの恐怖はこのとき鋭く手に収斂した。一瞬にして両手が焼けただれてしまったかのよう。前に突き出すと、むしむしする空気に触れてさえ本当にヒリヒリと痛んだ。

ああ、ぼくの手は汚れている。そうだ、すずこのお尻にも何回か触ったっけ。お尻の穴のあたりを何度もつまんだっけ。

たけしはめまいを感じながら立ち上がり、手を脇にこごめて、物に触れないようにサンルームの半開きのガラス扉を体でおしあけて廊下に出、姉たちの遊ぶ部屋も覗かずに直ぐの階段を一気に降りた。玄関脇の便所に駆け込み、洗面台で手を洗った。そこの大きな石鹸を塗りたくり、塗りたくり、水道の栓をいっぱいに開いて、何度も洗う。

しかしいくら洗っても、手はきれいになってくれない。汚い、汚い、と心の底からべそをかきながら、たけしは必死になった。買い物から帰ってきたのであろう、母が便所の入り口に現れたのを彼は知っていた。でも今は母に抱きつくより、しつこい汚れと戦うことのほうが先決だ。

母はしばらく黙って見ていたが、いきなり近寄って水道を止め、たけしの手を水から引きだし、てぬぐいで拭いた。たけしは慌ててまたその手を洗おうとしたが、母につかまれて動けず、泣き出した。

「ぼくの手、きたないよ。きたないよ」

「まあ、水の音がすると思ったら、こんなに床を濡らして。水は大事に使ってくださいよ。夏場はこれからよく断水になるんですから！」

険しい声を出したのは母ではなくて、その後ろに現れた家主だった。空色のワンピースを着ている母の後ろ、涼しそうな薄い灰色の着物を着ている。細い首の上に、笑っていると間違いそうな怒った顔がのっていた。

木炭色の着物を母は着ていた。ただその黒一色ではない。灰白色の大きな、おおざっぱな花模様がいくつか咲きでていて、夜目にも白い大輪の花というところだった。

この着物を好んで着て、秋口の夕べ、母は夏はほとんど出たことのない浜辺に子供達を連れだすようになった。

九月も半ば、海辺はただガランとしていた。まだしつこい残暑の余燼はあり、光もあったが、海から空の一回り大きくなった空間を埋め尽くすには不十分だった。光の風船のしぼんだ隙間に、空のてっぺんでは澄んだ水が流れ込んで、もう鰯雲をひきいれている。空の下のほうでは崩された夏雲の痕跡が黒ずんでいる。山は暗い緑が黄ばみ始めていて、そんな葉むらに蟬の声が古ぼけた店の古い正札みたいに張り付いているばかりだった。ただ、淋しい海もこんな風に少しずつなじんでくると、そんなあるがままの姿で見えてきもするのだった。

夏の間中、たけしは殆ど海には行かなかった。母は夏負けで沈んでいたし、父は父で海に興味を示さない子供達に強いることもなく、ときおり一人でふんどし姿で泳ぎにいっていた。たけしはでも、目の前の林の向こう、光と水がまじりあう所に、たくさんの人達がもつれあっているのを知っていた。

つぶやくような低い波の音が、人々の喚声をふっと呑み込んでしまうことがあった。水に入りたいとは思わないたけしだったが、そんな光の中のにぎわいを肌近く感じるのは好きだった。林と邸の間の畑で、新しくできた同年の友、つねおとピストル遊びをしている合間にも、海の音が耳に入ってくると元気づいた。

海に行く人々が海水パンツやふんどしのままで邸の前の路地を抜けてゆく。路地の逆方向の先、町にむかう広い道ではひっきりなしに裸の往来がある。何より心引かれるのは、通りの雑貨屋だった。軒先いっぱいに溢れているもの、青や赤の浮輪、茶色いボール、赤いふんどし、黒いふんどし、青い海水パンツ、麦藁ぼうし、網、もり、水中メガネ、花火、そしてラムネ……。

裸の人達がそれを買っているのを、あまり見たことがない。皆んなもうてんでに色あせた水着を着、手製の波乗り板などを持っていたから。店の商品はただ夏の飾りにみえた。

たけしは時たまそれを横目で見ながら、店の片隅に隠されているメンコや紙カンを買った。

夏はいちばん大きなメンコの、極彩色の武将のように華やかだった。

それに較べて九月の夕べの浜辺。これはそのままメンコの裏だ。たけしも二、三度は夏の海岸を浜の入り口から直に覗いたことがあった。白くまばゆい砂の上の人の群れ。水の中にはいくつもの生首が浮いていた。それが今は全部掻き消えている。今うす暗い砂の広がりの上にいるのは、自分たち母子三人だけだといってもいい。

路地を伝って浜に出ると、そこは湾の中央からだいぶ右に寄ったところだった。だから母はいつもまず砂を右斜めに下りて、披露山が崖になって落ち込む岩場の近くまでゆき、そこから左に向きをかえて渚伝いに歩きはじめ、米軍に接収された赤い屋根、白い壁のホテルの前を過ぎ、しかし湾の左端、田越川のところまでは行かずに、湾の中ほどで切り上げて浜をのぼって、帰るのだった。

山の下で岩場を背に母はたたずむ。なにか動物の角そのものが岩場から水のなかに歩きでたみたいに、不如帰《ほととぎす》の碑が見える。

母の足元から、水際の濡れた砂は鎌の刃の形に流れて行く。轟きとも沈黙ともきめかねる砕け波に研がれながら。その鎌の峰、陸沿いに一面にあったヨシズ張りの海の家は跡かたもなく取り払われて、石垣が剝き出しになっている。浜は披露山の反対側、田越川で途絶えるはずだ。向こうのほうも葉山からの山が落ちてきて岩場をめぐらしている。その先、湾の出口、遠くからもはっきり見える小さな波止場――。干からびた石の箱みたい。その先端に楊子のような電柱がある。今はさざなみだつ鈍色の水でしかない海に突き出された小さなちいさな手燭……。

――母の黒っぽい着物がたけしはあまり好きではなかった。母の白い顔をひきたてるというより、かえって体ごと夕暮れのなかに引きずりこんでしまう。悲しもうか、喜ぼうか決めかねているような母のもろい表情を、淋しさの方へ傾けてしまう。母は特に引っ越し以来ひどくなったゆううつ症から、まだ抜け出していなかった。母のそれぞれの手にすがって、姉のやすことたけしは歩いた。水際を姉、砂側を弟。

「がさがさね、たけしちゃんのおてて。がさがさね。洗ってばかりいるからよ」

母の手の暖かさは、たけしの手のささくれから気持ちのいい痛みとなって染み込んでくる。そのひりつく指で彼はよく母の帯に触れた。帯だけはみずみずしくて明るかったから。絹のすべすべした地に、とある画家が絵の具で模様を描いてくれたものだという。それにしても変な絵。

淡青の地のなかにエンジの大きな蔦の葉の仕切りがあり、その十角形の枠のなか、淡青の湖には黄のブドウの木が青い蔓を左右に噴き出してエンジの実をつけ、その木の左右に、体はエンジ、羽根は黄の奇妙な鳥がいて、その尻尾は鳥ではなく、栗鼠のものと思われ、しかも青い……。

夕日が披露山の岬にかかる前、その夕日の真下の水平線から渚まで、それも正確にたけしたちの歩く足元の渚まで、海面を一筋の金色の水脈が通った。文字通り金の帯、それはたけしの歩みについてきて、まるで彼と夕日をつなごうとするみたいだった。

入日は海といわず砂といわず、そこにあるあらゆる影を陸の方に吹き寄せ、押しやる。影をもつものは水といわず砂といわず、陸へ逃げる。水はどんどん渚へ押し寄せ、砂の起伏は影を長く伸ばして、陸を指さす無数の矢印をつくる。陸に逃げろ、陸に逃げろ、と気ぜわしい。

砕ける波は、三つも連なって白い歯を剝くことがあった。白い歯もすぐに砂を嚙んで汚れ、つぶれる。渚の刃の微かな坂をのぼって、波の舌が思いがけなく長く伸びてくる。それを避け、よけ母と子三人は歩いてゆく。

母子三人ひとつになっているのに、しかしこの淋しさはなんだろう。三人は誰もこの夕方の散歩を心から楽しんでいない。ゆっくり、ゆっくり歩くのも、上げ潮の舌をとっさにかわすのも、また『海は荒海、むこうは佐渡よ……』と声を合わせて歌うのも、まるで義務のようにしている。

母のゆううつな気分をやすこもたけしも敏感に察して、夕方の時間を父が帰ってくるまでなんとかもたさなければならないと思っている。

父と母は今あまり仲がよくない。もともと仲良しには見えなかったけれど、引っ越してからというもの、父はますます無口、無表情になり、母はますます淋しそうにしている。母子三人で父に対決しているという気はたけしにはさらさらなかったが、ともかく母子三人は母を真中に二人の子は脇侍《わきじ》のごとく父に対していた。けわしい無表情の見え隠れする黒縁の眼鏡に。

つい最近まで、父は家にいるときは一人で泳ぎに行った。母は午後はよく青白い顔をして床に伏せる。そうするとたけしは畑で新しい友、つねおとピストルで撃ち合いをすることになる。つねおには父がいない。南方で死んだという。母と一つ上の姉の三人で畑の端の小さな家に住んでいる。つねおは、もう遊びに来ることもなくなったあのすずこをそっくりそのまま坊主頭の男の子にしたようだった。しかしたけしはもうお医者さんごっこなんかしない。ピストルを一丁ずつ分け、紙カンを詰めて、小気味のいい破裂音をぶつけあう。

トマトやナスの植えられた間、黒っぽい土が乾ききって粉薬みたいに白くなったのを蹴散らしながら、二人は近寄り、お互いの心臓を狙って引き金を引いた。

「ぼくのが当たった。ぼくのが当たった」、たけしは言い張って、絶対に自分からは倒れない。根負けして倒れるのは、いつもつねおの方だ。彼は大きなヒマワリの根方が好きで、左胸をおさえて死んでくれる。たけしは目をつむった死者の耳元にささやく。

「死んだらね、二度と生き返らないいんだからね。死んだらね、もういつまでたっても死んだままなんだから」

死者は目を開き、まぶしそうにしながら静かに反論する。

「死んでもね、神様がいてね、また生き返るってよ。いつも人が厭だってこと人にしないようにして、人をいじめたりしなけりゃ、神様が見ててね、死んでも助けてくれるんだってよ。そしたらいつまでたっても死ななくなるんだって」

思いがけない反論に、しかもたけしにとって最も歓迎すべき反駁に対して、たけしはむきになって、自分の一番恐れている死の観念を繰り返していた。

「ちがうよ、死んだら死んだままだよ。もう二度と生き返らないんだから」

目の据わったたけしをつねおは見上げて、恥じらうようにほほ笑む。

「人は嘘をついたり、人に悪いことをしなければ、天国にいけるんだってさ。そしたら、二度と死なないんだってよ」

いつも死ぬ役割ばかりでは厭だというつねおの気持ちが膨れてくるのが分かると、たけしはやっと撃たれる側にまわる。たけしは奇声を発して畑の真ん中に倒れる。ただ、たけしはいつも左手で右胸をおさえている。心臓はやられなかったぞ、と。目の前に大きなナスがぶら下がっている。さすがに嬉しそうなつねおの顔が上にある。

「ちょっとウンチしてくる」、つねおはいったん家に戻り、事をすませ、彼の母に濡れ手拭で手をふかれながら外に出てくる。

「ふいただけじゃ、だめ。ちゃんと洗わなきゃ。ちゃんと水道で洗わなきゃ、汚いよ。ピストルも洗って」

たけしは脅えて叫ぶ。つねおの大柄な母親はそれでもつねおの指一本いっぽん丹念に拭うのをやめなかった。大きな目を悲しげに曇らせながら。

木炭色の着物を着て、九月の夕べ、母は子を連れて海辺をあるく。陽が山に入り暫くあたりを赤く染めても、やがてさっき光が影を水と砂から吹き払っていたのは嘘で、けっきょく影が光を制して勝ちを占めたことがはっきりしてくる。

急に重さを増す砂の上で人と擦れ違うこともあった。ある時は二人の黒人兵と行き会った。物も言わずに彼らはやすこの手に茶色の紙袋を押し付けると、そのまま歩き去った。二人の痩せて背の高い男は、足取りを合わせて大股にぐんぐん遠ざかってゆく。高い腰の上にのった上半身はしだいに腰から離れて、それだけが宙を浮いてゆくように見えた。

袋のなかにはチョコレートと短冊形の揚げせんべい風のものが入っており、特に大きなかりんとうみたいなチョコレートは、かじりつくと中からまっ白なクリームが溢れ出て、そのあまりのおいしさにたけしは気が遠くなりかけた。

たまに出会うのは、その他に、寡黙なアベックや、逆にこれみよがしに大きな声で愛の言葉を交すアベックなどだった。

たけしたちが砂浜を離れるとき、葉山の港の先端に立つあの小さな電柱に灯がつくことがだんだん多くなっていった。

兵隊がひとり現れたのを、たけしはいちはやく認めていた。披露山の崖に刻みこまれた細道に。浪子不動に続く岩場の上の道に。一人の日本兵。

たけしは母とともにいつもの砂浜にいたが、見上げる崖の道のもう枯れはじめた茅《かや》――葉は緑に黄が混じってかえって明るい色調になり、銀色の花穂が吹き出している――の間に、まぎれもなくカーキ色の服と帽子がせわしなく上下して、やがて浜に下りかかる。

たけしはドキッとする。その日は小豆色のセーターをきた母の陰に隠れるようにして、上をうかがう。

あの兵隊はちょうど今、あの山の上から下りてきたのではないだろうか？

たけしは思い出す。いつか皆で登った山の砲台、石の建物、そして水汲み場。山の上なのに、まるで地の底に閉じ込められたような気がしたっけ。あの山の上の地底にはそして、人間のかわりに影の風がいて、たけしたちの背中を擦っては絶えまなく移動していたように思う。

影の風は海辺で初めて人の姿に戻る……。たけしは母の脇にでて、影の兵隊を見やった。目深な帽子の下の顔はひどく白い。

十月初めの渚に出たのも、今日は母と二人きり。しかもいつもより早い午後であった。

その明るく乾いた砂の上に、兵隊のゲートルを巻いた足はもう下り立っていた。

左脇に茶色の紙の包みを抱え込んでいる。鉄砲も背負っていなければ、ピストルも水筒も腰にさげていない。その代わりにただ変な紙包みを後生大事とばかりに抱えているのだった。

たけしはもうそれが影の兵隊の資格に欠けるものと決めていて、更にその奇妙にはつらつとした感じが、本当の兵隊のものではありえず、ただ兵隊服を着た得体のしれない男と見て、はやくも警戒していた。今度こそ本当に母の陰に隠れてしまう。

予期に違わず男は、今まさに少し早い夕方の散歩を始めようとしている母と子に話し掛けてきた。甲高い声、気安い調子で。

「浪子さんかと思ったら、ぼうやが一緒ですか。山からずっと廻ってね、今、浪子不動を見物してきたところですよ。なるほど静かでローマン的な海岸ですねえ」

「わたしだって、肺浸潤やったことあるのよ」

思いがけなくも母は、沈みがちな最近にない高い声を出して、男の浮ついた調子をそのまま受け継いで応え、たけしは驚いた。

「じゃ、まぎれもなく浪子さんだ。武男のいない間に子供が出来たって訳だ。かわいいぼうやね。ぼうや、いくつ？」

男は若々しく整った顔を女のように左右に揺らしながら、たけしのことを覗きこんだ。たけしは既に不愉快で黙っている。しかし、男の右頬に癒えて間もないと思われる傷、青いトマトが割れたような傷があるのに気付き、目を奪われた。男は気を悪くしたふうもなく、たけしたちと一緒に歩きだしながらしゃべり続ける。

「生きて帰ってきて、よかったのかもしれないな。こうして穏やかな海辺を奇麗な奥さんと一時なりとも一緒に歩けるなんて、夢のようだ。いや、いままでのことが夢だったのかな？　いやはや、ひどい目にあいましたからね、ぼくらは」

「武男さん、じゃなかった、兵隊さん。兵隊さんは、どこにいらしったの？」

母は当然のように男を、兵隊さん、と呼んだ。

「はじめ中支にいて、そこから南方ですよ。最後はお決まりの、物資はない、マラリアだ、栄養失調だ、空襲されっぱなしの反撃なし、壕に入ってただじっとしているだけ。壕ったって地面に穴掘って、竹を編んだ屋根かぶせただけでさ、お陰で南十字星がよく見えました。空襲なんて、でもまだいいの。艦砲射撃の凄いの、恐ろしいのったらないからね。それから俘虜の辱めをうけて、そしてやっと最近浦賀に着いてね。小さなリュックひとつしよって、友の遺骨を胸に抱いてさ、他のやつらは友の遺骨も胸に抱かないで、大きなリュックしょいやがってさ、迎えの船の縄ばしごが登れないんですよ。欲張りじいさんを地でいってさあ。ともかくそれで向こうの収容所では食うのがやっとで、いいかげんにやっていた部隊の記録の整理をこの横須賀でちょっとやってね。一応目途がついたところで、こうしてせっかくの景勝の地が近くにあるというので、見物にきたというわけです」

男が『なんぽう』にいたと言った瞬間に、母は口を入れようとしたが、男はペラペラしゃべり続けたので、母はそれが終わるのをもどかしそうに待ち、やっとせきこんで言った。

「まあ、南方? 御苦労なさったのね。そういえば主人も南方に行ってきたんだったわ。ジャワでしたけれどもね。兵隊さんはどちら?」

「えっ?! まあ、ぼくもそっちの方ですがね。しかしいろいろ廻ったから。ジャワ、セレベス、ボルネオ、ニューギニア、ね、あっちこっち」

「じゃ、主人をご存じかもしれないわね。ご存じなくとも部隊間の消息とか、お話が合うかもしれないわ」

母のはしゃいだ声に、男は急に声の調子を落とした。

「いや、まあ、南方っていっても広いから。何千、何万じゃきかない将兵が……、まあとにかくひどかった。戦友はばたばた傍で死んでいくし、もう何度だめだと思ったか知れやしない。命からがら友の遺骨を抱いて故国にたどりつけば、もう民主主義とかで復員兵は一兵卒までみんな軍国主義の戦犯だってんでしょ。浦賀じゃひどいんだ。ほんとうに子供達に石を投げられたよ。戦犯だって。めちゃくちゃな話」

たけしが男の右脇に抱えられた四角の紙包みを胡散臭そうに見ていると、男はまた声を張り上げた。

「あっ、これはね、違うの。遺骨じゃないの。友の遺骨じゃありません。友の遺骨は横須賀に置いてある。これはね、ぼうや、食パン、食パン二斤」

男は言いながら紙を解くと、確かにそれは焦茶色の瘤を四つもつ食パンだった。

「ぼうや、食べるかい？」と、ちぎりかけるのを、たけしは、「いらない！」と叫んで拒み、母も慌ててとめると、男はすんなりまたパンを包み直した。

「これが今日これからとあしたの僕の食事だ。あとでどっかで水をもらって食べるんだ」

また声を低めた男に対して母はひどく同情を誘われたふうだった。汚い紙で包んだ汚いパン、たけしは思った。聞かれもしないのに男は、頬の傷に自分から触れた。

「このほっぺたの傷はね、犬に噛まれたんです。でっかい黒犬でね、なかなか放しやがらない。弾傷も受けずに帰ってきて、犬にやられてりゃ世話ない。まあ、狂犬じゃなくてよかった」

たけしはこの鼻筋のとおった男が、頬に大きな犬をぶらさげた図を想像して、おかしくて吹き出しそうになっているのに、母はいっそう同情を深めたようだった。

男は不意に物悲しげな調子で歌いだした。

なくなこばとよ　こころのつまよ
なまじなかれりゃ　みれんがからむ……

すると、拍子に合わせてたけしを引く手に力をこめこめ、母までが小声でその歌に和した。

たとえわかりょと　たがいのむねに
だいていようよ　おもかげを……

兵隊服の男は結局、家までついてきた。母が、夕食を食べていらっしゃい、なんなら一晩泊まっていったら、と誘うのを、そんな、だいいち御主人に悪いから、などと口では断りながらも一向に離れる気配はなかったのだ。

男はためらいながらも玄関に入った。そこで逸速《いち》く家主の婦人が見とがめて、頬を窪ませながら母に小声で聞くのに、母は短く自信ありげに答えた。

「浦賀に着いた兵隊さんです。御苦労なさったんですって」

そのままさっさと男を二階に上げた。男ははじめ落ち着かない様子だった。御主人は？としきりに気にするのを、今日は帰りが八時過ぎの筈よ、と母に言われて、八畳の卓の傍らに腰を下ろした。男の靴下は汚くて、特にその親指の破れ目からは垢のくっきり溜まった爪が突き出ていて、たけしはやっぱりけげんな表情をした姉のやすこと体を寄せあって、サンルームの前の廊下にはみでるようにして座っていた。

母は男を少しも疑っていないらしかった。父にはかつて見せたことのない快活さ、陽気さで、いそいそとお茶を入れ、御丁寧におしぼりまでだした。それで男が首筋を拭うと白いタオル地がたちまち黒くなるのを、たけしは身の毛のよだつ思いで眺めた。

やがて夕暮れがくると、母は階下の共用の台所に行って冷飯をふかし、煮しめを添えてまず男だけに食べさせた。男はうまい、うまいを連発して、その合間に繰り返した。

「こんなにしていただいちゃ、申し訳ない。代わりにこの食パン置いてきますから」

「いいんですよ、そんな心配なさらなくて。こちらこそこんな粗末なお食事で悪いわ。ねえ、よかったら泊まっていってよ。南方に行った方なら、主人ともお話が合うでしょうから」

母もそんなことを真顔で繰り返している。

文字どおり三杯飯を平らげた男は、やおら例の低いほうの調子で切り出した。

「甘えついでに、奥さんにぶしつけなお願いがあるんですけどね」

「えっ?!」

ここにきて初めて母は眉を微かにひそめ、お茶をいれかえる手をとめた。

「いえ、そんな、だいそれたもんじゃあ。でも、やっぱり、あつかましいお願いなんですけれどもね……。実は、戦友の遺骨のことなんです、僕が南方から胸に抱いてきた。いや、奥さんが、兵隊さん、兵隊さん、て言ってあまり親切にしてくれるもんだから、ついこんな甘えた気持ちに。いえね、その遺骨なんですが、本当はね、胸に抱いてきたんじゃないんです。だって、遺骨を包んで首にかけるさらしがなかったものですからね。もう何んにもないんだ。ですから裸のまま荒縄で縛って抱えてきたんですよ、仏には悪いけれど。それがやっぱりそれをこれから遺族の元に届けるとなるとね、なんだか剝き出しのままじゃ、申し訳ない気がしてきましてね、ふと、あつかましくも奥さんにね、お願いしてみようかと。ええ、もし奥さんにね、さらし一反ありましたら、いただけないかと……。遺骨を包むのに……」

男はいつの間にかあぐらを止めて、正座していた。

「ああ、そんなこと……」

母の漏らした安堵の声は、こころなし疑わしそうで、緊張を解いたほほ笑みにも、何だか淋しそうな陰がさした。でも、母はそんな気持ちを振りはらうようにして、廊下に出て、六畳に入っていった。その間たけしとやすことはその場を動かずに男をみていた。彼は二人に傷のないほうの頰を向けて、正座したまま目を閉じていた。

母が白い布の巻いたのを持ってきて座り、それを男の膝に押しやると、男は黙ったまま深く頭をたれた。この時、階段に足音がした。

お父さんだ、たけしには分かった。時間より早く帰ってきたのだ。たけしは立って出て、階段を覗きおろす。父の顔はもうそこに迫っている。

ギンギン光る眼鏡。皺を寄せてもちっとも縮まない広い額。こけているのに分厚さを感じさせ、のっぺりしていながら縦に強いしわの寄る頬。

この時ほどたけしが父を頼もしく思ったことはない。あまり愛想のいいほうではない父の出現が、この面白くない状況を一挙に解消してくれるだろうと、たけしには容易に予測できた。それにしても、母はいったい何でこんなことをしたのだろう。そもそもそれが不思議だった。

父はもう異常に気がついていた。八畳に入ると、黙って男を見下ろした。母は努めて明るく、はっきりした声で言った。

「南方から帰ってらした兵隊さん。海でお会いして、無理にお連れしたの」

それでも父は一言も口をきかずに男を見ている。男は慌てながらも、まずさらしを、そしてあれだけ、あげる、あげる、と言っていたパンを抱えると、帽子を鷲摑みにして、立ち上がった。

「奥さん、いろいろお世話になりました」、お礼の言葉もそこそこに部屋を飛び出し、階段を駆けおりていった。

当惑しているというよりは、ただ淋しいといった感じで、母はうつむいた。

たけしは白い光のなかで目を覚ました。夜中に目が覚めて、闇に閉ざされている恐怖から、他に寝ている家族のことを考える余裕もなく電気をつけるということが、この夜はなくて、一気に眠りとおした気持ち良さがある。しかも十月の太陽が、もう廊下を隔てたサンルームいっぱいに射しこんでいるのが、寝ていても分かる。そのガラスの部屋がまるで自分で内側から輝きだすかと思われるだろう時刻まで、静かな明るい眠りの海の中を、どうやら自分も空色の魚になって泳ぎ続けていたのだった。十月の日曜日。

草色の壁も、薄い褐色の天井も白くなって、人はほんとうは死なない、死なんてものはもともとありはしない、と、今もまたはっきりと言っている。だから、永遠に無いなんてこともありはしないと。あるものといえば、とっても暖かな今というものと、せいぜいあした、あさって、しあさって、そして、きのう、おととい……。

たけしはこうして生きていることに今はすっかり安心できた。きちんと仰向いたまま目を閉じる。目をつむるのを恐れることはない。強くはないが、確かな光が目蓋をさすり続けるから。その目蓋の薄い血の層のなかに白い渦がひろがる。きもちのいいめまい。ああ、体のなかがなんだか揺れている。きもちいい。

でも、地震かもしれない。そう、微かだけれど、まわりが揺れているのだ。左にはやすこが寝ている。右には母が、その向こうには父がいる筈だ。

どうやら揺れの気配は右にある。たけしは目を開き、そっちに首をまわした。

そこには変な光景があった。その分かりきっているようで、さっぱり分からない図の謎を解こうとして、たけしはもがいた。

母の布団は山のように盛り上がっている。まるで太い芋虫のように。そうだ、その布団と母の間に父がいるのだ。母の上に父がいて、組みしいている。それも腰のあたりを小刻みに揺らしながら。青虫みたいにうごめいている。

でも、母が父にいじめられているとは思えなかった。確かに父と母の仲はあまりしっくりいっていないことは、知っていたし、特にあの兵隊服の男を母が家に招きいれてからこの数日というもの、二人の間には尚更変な空気があるとは感じていたけれど、でもこの十月の晴れた午前、子供達の傍らで演じられている密やかな動きは、暗いものではないと思われた。

父は母の仰向いた顔のむこうに顔を落としていたが、布団に皺を寄せながら、シュッ、シュッ、という音を発し始める。まるで汽車ごっこをしているようだ。

たけしの目にまず気付いたのは、母だった。父のなすがままにさせて、ただじっとしている母は、首だけを動かしてたけしの顔に出会い、ただ笑っていた。眉は少しひそめられているものの、笑いの輝きが目や頬や歯から放たれていた。次いで父がたけしに気付いた。父の顔もちょっと歪んではいるけれど、笑っている。腰を動かすのを止めずに、かえってその動きを速め、汽車ごっこの音を一段と強めながら、その合間に父は言った。

「お母さんが寒がるから、暖ったためてあげるんだ。そらっ、シュッ、シュッ、シュッ、シュッ……」

勿論たけしはその説明に納得がいかなかった。しかしなんだかもっと深いところで何か納得があって、半身を起こすと黙って父と母に笑顔を返した。振り向くと、やすこも起き上がっていて、やはり微笑を浮かべていた。

やがて父の汽車は母の上を全速で走った後、急に停車した。父は母から下り、枕を並べて横たわった。二つ並んだ顔から笑いが消えない。思い出したように父は母の頬に唇を着けた。

たけしはそんな父に対して妬みを覚えるどころか、父と母が仲良くしていてくれることがただ嬉しかった。今日はつねおと、畑のコスモスの群れの脇で、思いきり撃ち合いをやろうと思った。

それは母がときどき作ってくれる太く、大きなドーナツに似ている。しかも鏡餅のように二段重ねになっていて、下の輪はほぼ完全、上の輪の方がすこし崩れている。そして、その崩れ目を直すように一枚のお札が貼られていた。

邸の黒塗りのがっしりした木の門と、玄関のガラス扉との間はそれほど離れていないが、そこ一面にずっと砂が敷かれている。貝殻の多く混じった白い砂。十一月の曇り空をそのまま地面に写したみたい。その門寄りの一番きれいな所に、この人糞の造形がある。

こんな見事なうんちをたけしは見たことがなかった。こんなに健やかで、太いものを生み出すお尻とは、一体どんなお尻だろうか？　大きく、強い腰を想像して、うらやましかった。

それだけではない。ためつすがめつ眺めやって、少しも汚いとは感じず、逆に気持ち良くさえ思えてくるのだった。

それは変なことだ。今の今まで、他人のといわず、自分のといわず、うんちといえば身の毛のよだつほど厭だった筈なのに。

とにかく、それが昨夜入ったどろぼうというものの、ただ一つ目に触れることのできるはっきりした痕跡だった。すぐ近くにすんなりとした犬の足に似た灰色の根方がある。そこからすっと上に伸びて、サザンカは淡紅色の花をいくつも咲かせていた。

その朝も暗いうち、家のなかの騒がしさ、変な雰囲気に気付いて、たけしは目を覚ました。同じように不審げに目をしばたたいているやすこの他は、父も母も部屋にはいなかった。起きて廊下に出てみると、もう服を着込んだ父母、そして家主の婦人が立っていた。母はたけしを八畳に押し返し、子供たちに小声で告げた。青ざめた顔に強いて微笑を浮かべながら。

「お家にどろぼうが入ってね、六畳のお部屋もちょっと盗られたの。でもたいしたことないから、安心なさい。刑事さんが来て調べているから、ここにいらっしゃいね」

まだ少し早かったけれど、たけしもやすこも起きてしまうことにして、二人で自分たちの床、そして父母の床もなんとか上げ、まだ火の入っていない火鉢にすがってじっとしていた。やすこは母と同じように張り詰めた、青ざめた顔をして、無言だった。

たけしはしかし、どろぼうが家に入ったということについて、ほとんど何の現実感も抱けないでいた。

　どろぼうという存在、その気味悪さについてはもう何度もきかされてはいた。それに近ごろは、つねおを含めた近所の子供達と一緒になって、よく『どろぼうごっこ』というのをやってもいた。なんとなく誰かがどろぼうに選ばれて、そのどろぼうが逃げるのを残りの皆が追いかけ、捕まえて縄でぎりぎり縛り上げ、こづきまわすという遊びである。追うものはいつも本気になり、追われるものはほとんどいつも泣き出すことになった。

　しかし母や姉が理解しているらしい本当のどろぼうについて、たけしはちっとも現実的な姿を思い描くことができないでいた。あの『し』、死というもの、だけは、喩えまだ現実に一度も見たことがないにしても、その本当の姿をもう誰よりもよく知っていると自負するたけしだったけれど。

　どろぼうはたけしの深い眠り、真っ白けの意識に対応していて、その真っ白な階段を、どろぼう自体も真っ白になって登ってきて、今たけしの入ることを禁じられて見ることのできない六畳に侵入したのである。

　ゆうれい。おばけ。たけしはどろぼうのことを、いつか誰かからきかされたことのある幽霊というものと、なんとなく同じものに思った。ただ、ゆうれいのほうが、どろぼうより怖そうだ。

いきなり廊下の障子があいた。たけしは火のない火鉢にすがりついた。廊下から無遠慮に覗きこんだのは、鋭い目付きをした四角い顔の男であった。そして、それに寄り添う女主の険しい顔。男は刑事だった。

「こっちはいいか。人間が四人いたんだからな」

言葉とともに、障子を閉めなおさずに、刑事、そして女主はすぐに消えた。女主はたけしたちをにらんで行った。凄まじいものがその表情から感じられ、たけしは今怖がっていたおばけやどろぼうのほうに親しみを覚えたほどだった。

寒々しく慌ただしい朝食を済ませて、姉は普通どおり、父はちょっと遅れながらも家を出ていった。母は食器を下の台所に持って下りながら、たけしに言った。

「門の所にどろぼうのしていったうんちがあるから、踏んじゃだめよ」

こうして見事な人糞を眺めるうち、たけし自身もお尻がうずいてきて、玄関からすぐの洗面所に入った。どろぼうのうんちの模範を思い浮かべながら気持ち良く排便して、また玄関に出てくると、そこに女主とその娘と、そして母がいた。女主は手を互い違いにたもとに入れて、肩を尖らせながら母に向かって言い立てていた。

「これはやっぱりあの男が手引きしたんですよ。あの兵隊ですか？　復員兵。あなたがあんなのを見境もなく引きずりこむから、こんなことになるのよ。どだい、本当に復員兵だかどうだか分かりませんよ。兵隊服を着て、どろぼうの下見をして歩いてたんですよ、あれは。刑事さんだって、近ごろはそういう手合いで、詐欺だとかどろぼうだとかが多いって言ってたでしょ。そのくせ刑事さんたら、あの兵隊服の男のことはあんまり本気で取り合ってくれないんだから、変ねえ。もどかしいったらありゃしない。あの男に決まっているのにねえ。決まってますよ。あなたがあんな男を何のつもりかしらないけれど、気安くひっぱりこんだりするものだから、えらい損害だわ。現金だって、宝石だって、着物だって、莫大な被害なんですよ、うちは」

「あの人は本当に兵隊さんでしたよ。横須賀で部隊の記録を作っていて、浪子不動を見物にきた方で、ちゃんとした人でした。それに、もう一か月以上も前になるし」

母は弱々しい声で反駁した。

「その一か月前っていうのが、頃合いじゃないですか。それに本当の兵隊かどうかなんていうのも問題じゃないわ。要はあの兵隊なら兵隊が、手引きしたかしないかでしょ。それにちゃんとした頭の働く男じゃなきゃ、手引きも何もできやしません。現にあなたはあの男の口車に乗ってるじゃありませんか」

「でも、あの人はそんな人では……」

母はたけしもはらはらするほどに口ごもった。

「何があの人ですか。あの男ですよ、手引きしたのは。もう一度そう言って警察をせっついてやるわ。あなたにももう一度あの男の人相から何から、ちゃんと申し立ててもらいますからね。これが捕まらなかったらえらい損害よ。私の宝石や着物だけだったらまだしも、この娘の嫁入りにと思って揃えた着物まで、みんなやられたんですからね。片親だからこそ恥ずかしい思いはさせまいと思って揃えた、良いものばかりみんな」

「私も良いものをみな盗られました」

「あなたは自業自得でしょ。こっちはとんだとばっちりよ」

うつむきながら言う母に対して、女主は吐きすてるように言った。と、それまで黙っていた娘が白い丸顔をもたげた。

「私、今まで黙っていたけれど、知っていたの。どろぼうが入ってきて、隣の部屋の箪笥を開けているの。スー、スーって、次から次へ開けていくの。目が覚めてね、知ってたの。ただ怖くて、こわくて、声も出せないで……」

「えっ?! あなた、起きていたの？ えっ、まあ、どうしましょう。だめよ、そんな。そんなこと言っちゃ。えっ、でも、なぜ声でも立ててくれなかったの。でも、危ないからねえ、そうなると。強盗にでもなられたら命がねえ。だめよ、そんなこと、だめよ。警察にそんなこと言っちゃ」

女主ははしゃいでいると聞きちがいかねない声を出して、ひどくうろたえると、急に声を落とした。

「見たんでしょ、あなた、見たんでしょ、本当は。どろぼうの顔を」

「いや！ 怖いわ、私、怖い」

娘の白い丸顔が青くなった。

「襖を開けて確かにこっちを覗いたわ、どろぼうが。でも、私、怖くてお布団かぶって寝たふりしていたの、震えながら」

「見たのね、あなた。いえ、見ましたよ、あなたは。しっかりなさい。ね、あの兵隊だったんでしょ、その覗いた顔は」

「だから、私、怖くて……。暗いし、何も見なかったわ。それに刑事さんの言うように、賊は複数だと思うし……」

娘の声が小さくなった。

あんな立派なうんちをあの兵隊服の男ができる訳がないと、たけしは考え、そのことでもうあの男がどろぼうの一員である可能性まで否定してしまっていた。そんなたけしに母が気付いた。

「たけしちゃん、外で遊んでらっしゃい」

たけしは素直に二階にかけあがり、おもちゃ箱からピストルを二丁取り出すと、それを仮想のどろぼうに構えながら階段を下り、三人の傍らをわざとらしく忍び足で擦り抜け、外に出た。

ここでたけしは初めて気が付いた。さっき排便後、手をざっとしか洗っていないことに。ちょっと水をかけただけだった……。しかし不思議なことに、もうそのことについての不潔感はこれっぽっちもなかった。

これでいい。ちっとも汚くない。これでいい。

たけしの心の底に変な自信が生まれていた。

仮想したどろぼうを追い詰める恰好で、つねおのところにたけしは擦り寄っていった。

何事かと出てきたつねおに、いつものようにピストル一丁を渡し、切に援助を求めた。

「おうちにどろぼうが入ってね、つかまえなきゃならないの。一緒に探してよ。まだそこらへんにいるかもしれない」

つねおは快く応じた。二人は腰を落としてピストルを構え、畑の隅、林の中を見て歩き、果ては海際の別荘の低い木柵の内まで覗きこんで歩いた。信念とは裏腹に、たけしはいつの間にか兵隊服の男の姿を求めていた。途中一度つねおはいつものように用便に戻って、ただ手拭で手をふいてもらっただけで出てきたが、たけしはもう汚いなどとは思わなかった。

どろぼうを探しあぐねて、たけしはすこし強がってみせた。

「どろぼうなんてね、本当は怖くないの。こうして追っかけていると、隠れちゃうんだもんね。どろぼうなんてちっとも怖くないや。それより怖いのはゆうれい。幽霊のほうがずっと怖いよ。だって、死んでいるのに生きているんだもの。だから死んでもいないし、生きてもいないでしょ。どろぼうなんかよりずっと、ずっと怖い」

つねおは、違う、と言った。

「どろぼうの方が幽霊より怖いよ。幽霊はいるかいないか分からないでしょ。お母さんが言ってた、幽霊なんていないってよ。そしてね、もし幽霊がいたってね、それはちっとも怖くないんだってよ。怖いのはね、幽霊なんかより怖いのはね、やっぱり人間だってさ。怖いのは人間。本当に悪いことをするのは人間だって。どろぼうって人間でしょ。だからどろぼうは幽霊より怖いんだよ」

「ふぅーん、そうなの……」

たけしはいつものようにむきになって自説を言い立てることはしなかった。つねおの言葉がなんだかひどくもっともと思われたから。

二人の男はともに濃い灰色の外套を着込み、同じ色の帽子をかぶったまま玄関に並んで立っていた。一人は小太りで小柄、黒縁の眼鏡をかけ、もう一人は痩せて背が高く、銀縁の眼鏡をかけている。

最近母に横須賀の映画館に連れていかれて、否応無く見せられた訳のわからない映画にも、こんな際立った凸凹コンビが出てきたっけ。

二人のうちの一人はおじなのだけれど、たけしには二人ともがおじによって送られてきた使者であるような気がしてならなかった。おじの顔を最後に見たのは、実に半年以上も前のことであったし。

ちょうど夕食を済ませたところ、下から女主が「お客さんですよ！」と呼び、たけしが母の後ろにくっついて下りてみれば、暗い光の中にひっそりと二つの影が立っていたのだった。

「あっ、お兄さん！」

久々の、突然の来訪に驚く母に対して、おじは喉を鳴らしただけで、遅れてゆっくりと父が階段を下りてくるのを待った。おじはたけしに何も言葉を掛けてくれなかった。二月半ば、その夜の冷たさが二つの外套から放たれて、たけしの頬に届いた。

「千代がけさ死んでね。すぐ知らせようと思ったが、ここには子供もいることだし、面倒はかけたくなくてな、葉山にいる向こうの親戚と僕の同僚や部下とでバタバタ始末をつけてしまったよ。もう納棺してある。急だが今夜お通夜をやって、あしたのうちに葬式を出す段取りにしてしまった。あさっては日が悪いとかいうものだからな。すまんがこれから出向いてくれんか」

おじは父母に向かって早口で言いながら、チラ、チラとたけしの顔をも窺うのだった。

「お姉さんが……」、もう涙声になった母の声に、「おお、そうか、すぐいく」、父のぶっきらぼうな声がかぶさった。

「子供たちは置いてきますか？」、おじが問うと、急にしっかりした声になって母は言った。

「連れていきます、二人とも。今まで一度も手許から離したことありませんから」

終始一言も発しなかった連れを伴って、おじはせわしく玄関を出ていった。二階に戻るや、母は不平そうに言った。

「お兄さんも水臭いのね。なぜすぐ知らせてくれなかったのかしら」

「なに、親切のつもりだよ。子供たちがいるからって。兄貴はいつもそう考えるんだ」

父がなだめた。

「それはそうと、困ったわ。喪服がないわ。いいものはみんなどろぼうに盗られてしまったから。あなたのモーニングも」

「仕方ない。このままで行こう。どうにかなるさ。僕は兄貴の古いのを借りるから。君もだれかから借りればいい。姉さんの形見にもらうか」

父はもう火鉢の炭を埋めにかかっていた。母は子供たちに着替えさせた。やすこは母の小豆色の厚手の服を裁ち替えたスーツ、たけしは伯父の灰色の古背広をやはり小さく裁ち替えたもの。つい先のお正月に着た。

月のない、真っ暗な夜であった。山の方を見上げても、山影と夜空の区別がまったくつかない大きな闇であった。

その寒さで大気の黒く結晶したなかに、もう春の光が幾つも、一粒ずつ黒い皮をかぶって紛れこんでいるのが、かぎとられた。これから死んだ人のいる家に行くのだと思っていても、たけしの心は弾んで、手袋ごしの母の手を引っ張るようにして、先に立って歩いた。

死んだ知らせを聞いて、そしてこうして死人のもとに近づく——、これほど死の現実が迫ってくるというのに、たけしの心のなかには、いつものあの目もくらむような死の観念が一向に顔を出そうとはせず、逆にそれをまたいぶかる余裕さえ今はあった。これはおばさんの死だ、僕んじゃない、などと思い進めても、例のおっかない死の姿、果てしのない暗闇、はまた動きだしはせず、今は隠れている月みたいに影を潜めていた。

むしろこんなふうに四人揃って緊張しながら歩いた記憶のほうが蘇る。もう一年以上も前になる。まだ逗子に越してきたばかりのこと、火薬庫の爆発から逃れて、葉山まで歩きとおしたこと。そうだ。そのときお千代おばさんは一緒に避難しようとはせず、うちにいて、さつま芋をふかして待っていてくれたっけ。

　こうして初めてたけしは、かつてのおばの肖像にまた辿りつくことができた。更に砂糖や羊羹や、その他甘味と結び付いた、やさしく、淋しそうな笑顔の連なり。あの笑いにもまぎれることのない黒目がちの大きな目がつむられたのだ。

　でもその瞑目を死と見なそうとしても、それはたけしの知っている死とは違う。むしろ、これからおばに会いにいくのだ、という嬉しさが涌いてくる。

　そんな期待を裏切らない生気におじの家は溢れていた。履物で足の踏み場もない玄関を入ると、左の八畳からは人がはみ出ていて、その黒い着物の人達に押し詰められ、おばの寝ていたその奥の四畳半に嵌めこまれる形で白い祭壇があった。蠟燭を模した黄色い電灯が幾つもかかげられていた。

　四人はひとまず前に住んでいた、反対側六畳に入る。そこには見知らぬ男が二人いるきり。その前の三畳の納戸、そして台所には見知らぬ女達がひしめいている。

　たけしは逸速く例の出窓に腰を下ろした。と、一年以上も前に初めてこの部屋に入った時もこうしたことを思い出し、またここから、そして横の窓から、すずこやくにおの応対にあたったことも生々しく記憶に蘇ってきて、たちまちもう海辺の間借りの日々がまるでなかったことのように思われた。

六畳まで通ってくるお香の匂いは悪くなかった。

「あら、奥さん！」

低く抑えながらも、嬉しさの隠せない声を出して母の元に滑り込んできたのは、すずこの母親だった。その出現をたけしはひそかに待ち構えていた。来た、と思った。母たちは手を取り合った。

「お隣だからって飛んできたんですけれどね、手が出せないのよ。ずいぶん早くお勤めの方とか、向こうの親戚の方がいらして、どんどん進めてらしてね。奥さんがいらっしゃるの、今か今かと待ってたのよ、わたし。よかったわ、ほんとに。あっ、お宅、向こうでどろぼうに入られたんだったわね。喪服ないんでしょ。よかったらわたしのお貸しするわ。わたしはどうせ普段着で失礼するから」

一息に話すすずこの母親の手を取り続けて、母は一言も口を利けずに顔を歪めていた。その頬に涙が乱れてつたう。

あれから母は女主から、どろぼうを引き入れたのはあなただと責め続けられたため、家事のあいまにはピストルを持ったたけしと一緒に外に出て、路地や浜辺を闇雲に歩き回って、どろぼうを探すのが日課になっていた。高い塀などがあると、母と子はそこの木立などを口を開けて見上げたものだ。まるで自分達のほうがどろぼうの下見をしているみたいだった。

おじが顔を出して、父と母とは六畳から出ていった。

「子供達はいけん。見せちゃいけんですから」

おじは父母に向かってともなく、まだ父母についていこうとするたけしに向かってともなく、神経質に言った。おじの脇からあらためて覗いた八畳の祭壇に、たけしは今度ははっきりと白い棺を見ることができた。しかし、なんだかその中におばがいるとは思えなかった。

二人の子供は六畳の隅に床をとって普段どおり横になった。人の集う気配の途絶えぬなかで、たけしはむしろなんだか心楽しい眠りについた。

翌日は翌日で二人の子供は葬儀の行われる部屋に入ることが禁じられた。死人を子供の目に触れさせてはいけない、というおじの信念は貫かれた。六畳に姉と一緒にかしこまるたけしの耳に届く読経は、変な感じだった。それは時々ラジオから聞こえてくるシンフォニーの、訳の分からない砂嵐と同じだった。那須で覚えた『赤城の子守唄』の親しさがどちらにも欠けていた。

午後早く、棺が出る段になって初めて、たけしは解放された。狭い庭を埋める喪服の間に立つと、まるで黒い種のぎっしり詰まったザクロのなかに迷いこんだみたいだった。しかしその種のかたまりからは奇妙な敵意に似たものが醸しだされていて、たけしはとまどった。

黒い人垣を分けて出てくる棺の一番先を持っているのは、昨夜おじと一緒に死の知らせにやってきた、あの背の高い男であった。その他は見知らぬ男達に白い棺は運ばれて、たけしの鼻先を漂っていった。薄ぐもりの冬の日。棺はただ白いだけではなく、そこに銀色の線でびっしり細かな花らしきものが描かれていた。その棺のなかに、たけしは今はごく自然に、いつかずっと前に夢で見たおばの姿を横たえさせていた。

月夜の渚に朝顔の模様の寝巻を着て臥し、ほほえんでいる、重さというものを少しも感じさせない体。

宙を漂っていく棺。たけしは見とれていた。その後ろから男が大きな写真を抱いて続いていた。そこにはおばとは似ても似つかない黒髪の若い女が映っていた。その後ろからやってくるおじと父、それから数人おいて出てくる母。

細い筆で赤く縁取ったみたいな目以外は青白い顔に、きょとんとしたとしか言いようのない表情を浮かべていた。でも黒光りする喪服はよく似合っていた。たけしはその母の腰にすがりついて、ともに棺を送っていった。すずこの家の角を曲がり、そこからまた一区画いった角に、霊柩車は停まっていた。

母は焼き場に行かなかった。霊柩車、そしてそれに続く二、三台の黒い車が駅に通じる大通りに出て消えるまで、胸元に手を合わせていたが、最後にそのまま深くふかく頭を垂れた。

のろのろと歩いて、たけしは母とともに家に戻った。すずこの家の前に、ほどけはじめた人混みにまじって、白いセーターをまるまると着込んだすずこがやすこと一緒に立っていた。たけしの目をまっすぐに見ていて、たけしもまっすぐに見返した。二人は肯きあうことはしなかったが、今度は半年以上も会わずにいたのに、逆にたけしは何のわだかまりも感じなかった。それだけでなく、きのうもおとといも、いや、会わなくなってからもずっと、すずこと二人で遊んできたような気さえしてきた。すずことやすこは肩を並べて、さも女の子どうし、男の子なんか何さ、という風情なのに。

引っ越してから起った出来事の全部がそっくりそのまま受け入れられるとともに、同時にこの全ては夢のよう、この全てがそっくりそのまま無かったようにも思われる。そんな思いは、家に戻って、初めて踏みいった祭壇の間、座布団の敷き詰められてガランとした部屋のなかでも続いた。

おばのいない部屋。その空っぽさに刺激されて、又あの死の観念、無いこと、居ないこと、あの果てしない暗闇、が頭をもたげてくるどころか、この空っぽこそが何も恐れるに足りない、安らかな、あたりまえのものとして、親しく心に触れてくるのだった。どうしたのだろう。どういうことなんだろう。からっぽ、その同じことが、あるときは目がくらむほど恐ろしく、またあるときはこんなに穏やかで、静かで、すっかり安心できるのだ。たけしには分からなかった。

空きカンはすずこの家の角、丁字路のちょうど真ん中に置かれている。そのまますぐカン蹴りができるように伏せられているが、何が入っていたのだろうか？進駐軍のものにちがいない。くすんだ緑色の頑丈なカンだ。

午前中早く、海辺の貸間からまたこの元のおじの家に引っ越してきたときには、こんなカンがあったかどうか、気もつかなかった。たけしはその上にゆっくりと腰を下ろした。

ああ、またここに帰ってきた。すずこの家の隣に。

カンを尻で押しひしぎながら、溜め息がでた。向こうの海辺にいっている間は、すずこのことなど殆ど思い出さなかった。つねおという友達だっていたし、それに少なくともたけし個人にとっては全体にそれほどの災難が降りかかったわけでもなかった。でも、あそこからあらためてここ、すずこの隣に帰ってきてみると、和やかな別天地と思われた。

とはいえ、ここらへんも何が起こるか分からないらしかったけれど。引っ越しのかたづけの手伝いに飛んできてくれたすずこの母親にむかって、たけしの母が、どろぼうの災難と、それにもまして耐え難かった大家の追及について改めて訴えると、すずこの母も、この間のお葬式の時には言わなかったけれど、と前置きして、最近の災難を話してきかせた。

夫や子供を送り出し、家事も一段落して休んでいると、門がバターンと外れる音がした。門には鍵をかけていない筈なのに何事か、と思って玄関に出てみると、今度はまたガラス戸が外れる勢いで開いて、黒人が二人立っていた。彼らは叫んだ。「パンパン!・」、彼女はとっさに末の娘を抱いて、台所から裏に裸足で飛び出し、竹塀を乗り越えて裏の畑に逃れた――。

たけしにとって黒人兵といえば、いつか海辺でチョコレートをくれたやさしい二人連れのことを思い出すばかりだ。

たけしたちがおじのところに戻ってきたのは、あのおばの葬儀からまだ一週間もたっていない時であった。葬式の直後、母はおじに向かって、「これからお兄さんお一人では、なにかと不自由でしょうから、私達、ここにまいります」と言い、おじは、「でも、君たちはせっかく向こうに落ち着いたことですし、僕はなんとかやっていけるから」と断ったのだが、母は、「でも、お一人では大変でしょうから、まいります」と重ねて言い、父は終始黙っていた。おじはしまいには、「それじゃ、僕は東京に行きましょうか」と言い出した。

「お兄さんはもうお一人じゃないみたいね」、母はその後で父にささやいたが、父は憮然としてやはり黙っていた。


二月も下旬にかかって、早い午後、あのバスの通る土手を背にし、海の方角に伸びる路地を見通して、たけしはカンの上に座り続ける。路地はまっすぐ行けば海、といっても、遠い突当りは大きな家の堅固な木の門で閉ざされていて、つまりそこも丁字路になっている。海には鍵形を左右どちらかに折れていかねばならない。

その長い路地の半ばより手前に四つ角はある。左に折れれば町に、駅に、葉山にむかう大通りに出る。小さな四つ角。そこから例えば、おばは霊柩車に乗せられて行った。そして、そこから逆に、すずこはランドセルをしょって今にも現れるはずだった。

そこからこっちの路地は土の道というよりは、ドタ石を割った間に土を撒いたような道だ。こうして路地を見ていると、ほぼ一年前にすずこに吹き込まれて、そしていつかないがしろにしていたドタ石への信仰もふっと蘇ってくる。

黄土色の石はみんなお月さまだったっけ。

そう思いこらすと、二月の光を受けた道はなんとなく輝きを増すようだった。

後ろの方に気配を感じて振り向くと、あの年かさの遊び上手、コロ坊主、の弟が道に出てこちらを窺っている。今はそれを無視してたけしは向き直り、四つ角を見た。

初めにそこに現れたのはすずこではなくて、やはりコロ坊主の一族、その妹だった。物珍しそうに目をきらきらさせてたけしの顔を見続けながら近づき、物も言わずに脇を通り、そこから駆け出していって弟と一緒になると、二人して意味ありげに笑い声をたてた。たけしは知らん顔をし通してやった。

それからしばらくして、やっとすずこは現れた。どきっとした胸をかばって、たけしは両手を引き寄せ、その掌を開いて顎をのせた。すずこの近づいてくるにつれて、掌で包んだ顔におどけた表情を加えていった。

どうだ、びっくりしたろう。また隣に戻ってきたんだぞ。さっきからここでこうして待っててやったんだから。

たけしをたけしと認めた瞬間も別に表情を変えなかったすずこだったが、次第に微かな笑いがその白い顔にも広がっていくのがわかった。見開かれた目は胡桃のように硬くて崩れそうにないが、それでも前にはあまり見られなかった光の揺らめきが瞳のなかに生まれていた。

今もまた分厚い白のセーターにくすんだ赤の吊りスカート、そして黒い長靴下をはいたすずこは、しゃがんだたけしの顔に自分のお腹が着かんばかりに近づいたので、たけしは彼女の体に沿って不自由な姿勢で立ち上がった。

彼女のセーターから例のミルクの匂いがする。彼女は彼の顔をまじまじと見、それから視線を彼の鳩尾に落とすと、そこの大きなボタン、彼のカーディガンの前をきつく留めていて、外すのもはめるのも苦労する大きすぎるボタン、にふっと指をからげてきて、いじり始めた。たけし本体には関心がなく、ボタンそのものをいつくしむように。

彼女の伏せられた眥《まなじり》に、冬の日差しより濃い笑いの光が浮かんだ。すずこの髪が頭の形のとおりに香り、たけしは鳩尾のところから熱くなった。

「もうこの四月から、たけしちゃんも学校ねえ」

すずこはボタンが簡単に外せないのをいぶかり、指先になおさら力をこめた。

「うん」、たけしはなんだか掠れた声しか出すことができなかった。

ついにボタンをこじ開けるのを諦めて、すずこはたけしを促し、寄り添ってすずこの家に連れていった。すずこの母はさっき着物をきて出ていっている。思ったとおり玄関には末娘のみちこがぽつねんと座っており、予想が当たってたけしはがっかりした。

みちこは依然として色が黒く、髪の毛が縮れている。すずこの母はこの子を抱いて黒人兵から逃げたと言っていたが、この子こそ黒人の子なのではないだろうか。たけしは時間の前後関係など無視して考えた。

すずこはたけしを八畳に招きいれると、みちこを気にしてか急にあらたまった態度になり、ランドセルを下ろしたり、給食の食器を台所に持っていったりしていたが、やがてキユーピーの着せ替え人形を取り出してきた。セルロイドの人形。喜んだのはみちこだった。すずこが人形の異様に膨れたお腹に赤いスカートをはかせ、両手を万歳させて赤いチョッキを着せると、みちこはそれをもどかしげな手つきで元通りに裸にして、前にも増してじれったそうな手つきでまた着せにかかる。キューピーのお腹が滑るのを呪いながら。たけしはその人形をひったくって、その丸いお腹、そしてその下の窪みを押し潰したい衝動に駆られた。

半年以上の隔たりを置いてもすぐに身を擦り寄せてきてくれたすずこなのに、いくら小さな妹がつきまとっているからといって、芸もなくキューピーを持ち出してくることはないではないか。たけしは不満だった。

そんな彼の気持ちを察してか、すずこは「銀紙よ」と言って、何か丸く巻いたものを持ってきた。銀紙といっても、それは油紙に銀色の箔を貼りつけたのを巻きあげたもので、よくトランスか何かに使われるものだった。

その油紙の塊を逆にほどいてゆくと、汚ならしい褐色の帯の上に、それより幅が狭く、しかし非の打ち所のないきれいな銀色の帯が剝き出されてくる。

その銀の帯をすずこは剝がしにかかった。それは難しい仕事だ。爪で端を起こして注意深く取り出そうとするのだけれど、銀紙は簡単にはげそうにみえながら油紙とぴったり一体になっていて、うまく剝がれてくれない。一部がとれても、そこで力を入れると、裂け目が入ってしまう。

たけしはもどかしくなって、すずこからそれを取りあげ、自分もやってみたがやっぱりうまくいかず、油紙の上を走っている限りは傷も曇りもない銀の帯は、いったん浮かされると醜いしわが一面に寄り、または斜めに裂かれると、傷が弧を描いて遠く及び、始末が悪い。

がっかりする。こんなにきれいなものが、きれいなままに出てきてくれない。だんだんいらだって、半分ばらばらにされた銀紙を畳の上に放りだしてしまった。それは腹を踏み潰されて、針金虫を尻から吐き出しているカマキリのように不様だった。

それを片付けると、すずこは今度は小さな箱を幾つも持ち出してきて、テーブルの上に並べた。厚紙でできた小さな円筒形の、ピンクの化粧箱。大、中、小の三種類ある。

「コールドクリームを入れる箱なのよ。お父さんの会社で作ったコールドクリームをこれに入れて売るの」

すずこはそんな説明をしながら、大、中、小の一組みを選びだすと、順々に組み入れて、入れ子を作ってみせた。それを見て喜んだのはまたみちこの方で、すずこに甘えてせがみ、そんなたわいない仕掛けを何組も作らせた。

たけしはその箱の一つひとつのきれいさ、すべすべするピンクの厚紙の感触に心がひかれた。特にスダチほどの大きさの、一番小さな箱を指先で触るのは気持ちよかった。しかし、段々たけしの心には不満といらだちが募っていった。

こんな遊びはつまらない。せっかくまたすずこと一緒になれたのに。すずこと二人きりになりたい。二人で前のようにお医者さんごっこをしたい。今度こそすずこのおしっこをする箇所を見たい。お腹の下ののっぺりした所。

たけしはいつか強くそう望んでいた。それをすずこに言おうとした。

と、玄関に声がして、すずこの姉のちよこが、そしてあろうことか、一緒にたけしの姉のやすこまでが上がってきた。たけしの切実な願いを打ち砕いて、新たに二組みのませた黒い靴下がずかずかと八畳に入り込んでくる。これならまだ幼いみちこだけの方がよかった。

腹立たしいことに、部屋のなかが急に大人びた賑やかさになって、それが女の子の集まる時の一種がさつな雰囲気を醸し出すのだった。ちよことやすこはピンクの小箱でおはじきを始めたのだ。すずこもそれに加わろうとしている。

たけしはぼんやりとそっちを眺めては、すずこの白いセーターのお腹、赤いスカートの下腹にチラと目をやり、今日はだめかとあきらめた。

その時、彼のぼんやりした視線の向こう端から、すずこのふくろうのような目が覗きこんでいるのにたけしは気付いた。たけしは皆に向かって言った。

「ぼく、すずこちゃんとお医者さんごっこしたい」

皆は別に変な顔はしなかった。意地悪なからかいのお面をかむることもしなかった。おはじきの手をやすめて、両肘をテーブルに突きながら、ちよこは、ほほえんだ。

「お母さんがね、うるさいのよ。お医者さんごっこしちゃいけないって。女の子はいろいろ危ないからね、だめですって。いつもそう言うのよ。心配なんですって」

眉をひそめているのはたけしだけで、女の子たちは一様にきまじめだが硬さのない柔らかな表情をテーブルの上に並べていた。ちょっと沈黙の時があった。

「いいわ、たけしちゃん、すずことなさいよ。わたしはやすこちゃんとお母さんが帰ってこないか見張りをしてあげるから。ね、すぐここでやっていいよ」

ちよこは出し抜けに明るい声で言い、やすこもほほえんで肯いた。たけしはおずおずとすずこのところに行った。そして、ひそめた眉をもっとひそめて、すずこを促した。

小さい痛みにちょっと耐えるようにうつむいてから、すずこは畳に腰を下ろす格好でスカートをまくり、それからためらいなく腰を浮かして白いズロースを脱いだ。

すずこにはもうお尻を向けろとは言わずに、そのままにさせておいて、たけしは眉をひそめたまま彼女の腹の下の、あの白い空白を見た。

膨らむでもなく、へこむでもないお腹の下、ちょっと突き出した三角の部分は本当にのっぺりした空白で、ただ一筋つよく縦に切れ目が入っている。

ただそれだけのもので、でも、それはたけしの一瞬たりとも目を離すことのできない何ものかであった。彼の心臓に食い入り、心臓の裏に突き抜ける何かであった。

やがて見ることだけでは満足できずに、たけしはそっと手を出し、その三角の部分の裂け目に沿って指を動かしてみた。

硬い柔らかさ、乾いた湿り、弾くような吸引、そんな矛盾した感覚の魅惑を、その何気ない一筋の溝は具えていた。

「そこ、優しくさわってやってね」

ふと、ちよこが努めてのように優しい声で言った。

「そこから赤ちゃん生れてくるのよ。だから乱暴にしないでね」

えっ……？　その言葉はたけしの熱した頭をただ滑っていった。——ここから赤ちゃん？

全く理解できない。こんな、ひたと口をつぐむみたいに閉じたところから、どうして赤ん坊が……。分らない。――どこからおしっこが出るのかさえ分らないのに……。

「じゃ、わたしたち、玄関見張るからね」

ちよこたちは立っていった。

「あたしもあっちで見張ろう」

あの邪魔に思っていた幼いみちこまでが、思いがけない大人びたしなを作り、縮れ毛の黒い顔のなかの大きな目でほほえみかけて、玄関とは反対の四畳半の方へ行った。

女の子の前のふくらみ、そこに走る細い谷を、優しくやさしくと気づかって、たけしはなでつづけた。――大事にしなければいけないから……。

大切に――、思い立ってたけしは、じっとたけしのなすがままにさせて目を伏せているすずこを置いて立ってゆき、ちよことやすこの間を割って玄関を出、冬枯れの庭のなか、門の脇にみすぼらしい緑をたずさえているヒバの木に走って、その葉先をむしると、またすずこのところにとって返した。

あのままの格好で待っていたすずこの前のふくらみの切れ目に、たけしは取ってきたヒバの葉を更に小さくちぎって、埋めこんでいった。溝をそっと分けて、上から下へ緑を食《は》ませ、飾ってゆく。上からすずこも見入っている。――細い緑の谷……。赤ちゃんの谷……？

何事が始まったかと、二人の姉も、そして妹も、持ち場を離れて覗きにやってきた。皆お互いにほほえみ交わすというより、それぞれが自分の笑いを自分の顔の内側に灯すようにしながら。

外の路地でこれみよがしな足音がしたが、皆はもうすずことたけしのまわりを離れなかった。何人かの駆け乱れる足音。カンが、あの角にあった進駐軍のカンが鋭く蹴られ、喚声が涌く。

どうせあのコロ坊主たちだ。たけしの気をひくための騒ぎだ。

白い丘の縦一筋に緑を食む谷の一箇所にたけしは不備を認めて、そこを残りのヒバで丁寧に繕った。

うさぎのしっぽのような
白い小さな丘　その細い
緑の谷から子が生れたらきっと

あの海に落るだろう
限りなく深いふかい淵
子は深くふかく沈んでゆく　限りなく
――でもどんな限りないものも
いつかふと尽きる
子はいつかまたうさぎのしっぽに降立つ
――海にも終わりがくる………

著者略歴

中嶋敬彦（なかじま・たかひこ）

1943 年東京に生まれる。

1965 年東京大学文学部独文学科卒業。

1975 年～ 2010 年東京芸術大学音楽学部に独語教員として勤務。

現在：東京芸術大学名誉教授。

著訳書：『塩川』（作品社）、オペラ台本「ディオニュゾス」、

ムージル「少年テルレスの惑い」（共訳）など。

論文：「フォンターネにおけるレアリスム」、「戦記と恋愛小説」など。

海にも終わりがくる

二〇一五年九月一五日第一刷印刷
二〇一五年九月二〇日第一刷発行

著者　中嶋敬彦
装幀　小川惟久
発行者　和田肇
発行所　株式会社 作品社

〒一〇二-〇〇七二
東京都千代田区飯田橋二ノ七ノ四
電話　(〇三)三二六二-九七五三
FAX　(〇三)三二六二-九七五七
http://www.sakuhinsha.com
振替　〇〇一六〇-三-二七一八三

印刷・製本　シナノ印刷㈱
本文組版　㈲一企画

落・乱丁本はお取り替え致します
定価はカバーに表示してあります

ISBN978-4-86182-549-1 C0093

塩川

中嶋敬彦

人を形作る風土・思い出そして関係。会津の小都市＝塩川とそこに昭和を生きた平凡な男の時間と肖像を風土と共に描く涼やかな存在の形而上学。